神界直屬第十九號部門

2

作者 水泉
插畫 竹官

目錄

序章

我的名字是天奉瑛昭，隸屬於天奉宮，現在是神界直屬第十九號部門的部長，不過關於我的職稱，好像有很多種不同的稱呼，像是老闆、主管還有什麼……總裁？好像是叫這個。我有點疑惑，這幾個稱呼代表的意義應該不太一樣吧，但我的部下好像都混著用，我們部門這麼隨便沒有問題嗎？

說起來，第十九號部門對神界來說是個特殊部門，不過設立在人界的這個運行機構，表面上看起來是間公司，所以我的稱呼才會有那麼多種吧。

其實他們怎麼叫我，我沒有很在意。大家認真工作，讓部門的業績起死回生，才是最重要的，稱謂之類的事情只是枝微末節，反正不管哪一個都是上級的意思，我聽得懂就好。

我懷抱著理想與抱負，隱瞞身分假裝成一個沒有背景的小神，就是為了來這裡歷練。不過來了以後，不得不說，現實狀況深深打擊了我，無論是部門的營運狀況，靈魂的人品，還是以前部長的所作所為，都讓我打從心底難以接受……

值得慶幸的是，我調適得很快。部門的營運狀況不好，是因為以前的部長瀆職；靈魂的人品不好，多幫幾個總是能幫到好的；至於那些瀆職的傢伙……等我有空回神界，自然會處置他們。

對，一個都別想逃。

那些想起來就令人憤怒的前部長們暫且不提，先來說說我這段期間比較熟的幾個部下吧。

首先是第十九號部門的左司與右司，他們是輔佐我的行政官，擁有神界登記的公職身分。我剛來的時候，他們不太歡迎我，不過在我表現出想認真經營部門的態度後，他們的想法改變很多，特別是夕生。

我擁有讀心的能力，這件事情他們並不曉得。進部門的第一天，為了知道他們對於新來的上司有什麼看法，我見了面就直接讀心，完全沒在客氣。

知道部下的看法，對於日後的相處很有幫助，我是這麼想的。

右司洛陵，是個一絲不苟的人，他是得道成仙的劍仙，字跡中總帶有幾分凌厲。交給他辦的事情，他都會好好完成，不過沒交代的事，他就不會多管閒事，性子比較冷淡一點，算是個可以安心信賴的部下。

一開始他對我的看法就很平淡，只默默觀察我是不是個難伺候的上司，隨著時間過去，他慢慢對我有了一些正面評價，只是……有些評價，到底正不正面，我很難判斷。

像是「瑛昭大人跟以前那些神明不一樣，就像是溫室裡的花，被保護著長大，所以沒被汙染」、「瑛昭大人吃得了苦真令我意外，但他真的能在第十九號部門待超過一個月嗎」之類的心音……到底是褒是貶？我真的很困惑。

我只能說，他單純將我當成與他毫無關聯的上司看待，不想跟我扯上關係，沒有私底下幫助我的意思，也沒打算給我找麻煩。我覺得他另眼相看的對象只有夕生，劍仙跟狐仙是怎麼交上朋友的，有機會的話，我倒是很想知道。

左司夕生，是一隻成了仙的狐狸。相較於還有在修練的洛陵，這隻狐狸似乎成仙之後就不想努力了。我聽說他們擔任第十九號部門的左司右司已經上百年，有了公職身分，等於受神界的保護，修練起來應該沒什麼外力干擾，壓力不大，然而我一眼就能看出夕生的道行停留在成仙初期的階段，他成仙絕對不止一百年，這樣的道行，只能說明……他就是沒在修練。

我問過他修行方面的問題，那時他是這樣回答的：

『什麼？修練？修到成仙就已經夠辛苦了，好不容易苦盡甘來，有了一個仙的身分，不像妖那樣人人喊打，我就心滿意足啦！再修下去能做什麼，成神嗎？我不是人類，要修到成神太難啦，那麼苦的日子過幾千幾萬年，搞不好還會失敗，我這是何必呢？追劇看小說吃吃喝喝不好嗎？』

狐仙修練成神有多難，我確實不太清楚。打從出生就是神的我，曾經被一個靈魂稱讚很會投胎，對於這個說法，我也無法否認。

不過就算我很會投胎，我也是好好修練了三千年才有如今的神力。這種不想變強的想法，我是難以理解的，我只能尊重他的意願，不再過問此事。

夕生起初對我的到來感到很不開心，從我讀到的心音可以得知，他覺得我就是來打混摸魚壓榨員工的新上司，這種上司不如沒有，他還比較能在上班時間偷懶。

在他發現我能提供很多神力來開啟任務，並確認我想好好經營，正常發薪水後，他的態度出現了很大的轉變，彷彿一瞬間就成為了我的忠實支持者，這前後的反差，讓我有點難以適應，偏偏我只能裝作不知情，畢竟他的內心想法都是我偷偷讀來的。

多相處幾天之後，我覺得他其實挺可愛的，個性直率不騙人，喜歡你就會熱心幫忙，也會關心你，但……最近我讀心，常常讀到一些無法面對的東西，導致我下意識想跟他保持一定距離。

我知道我的臉生得很美，還在神界的時候，我的外貌被無數人讚揚過，但礙於我的身分，沒有人敢對我不敬，甚至連不敬的想法都不敢有。所以，讀到「想偷看瑛昭大人洗澡」之類的，如此直接的心音，對我來說衝擊還是很大，即使他抱持的是純欣賞的念頭，不過心音中那股痴迷感，依然嚇到了我。

這是職場性騷擾嗎？好像也不能這麼說。他又沒說出來，是我自己讀心，所以要說性騷擾，也是我自找的……？

讀心這種能力，實在不能亂用。用了以後未必會有好處，很多時候都是苦了自己啊。

介紹完左司右司，接著就來說說部門裡的執行員吧。

說來慚愧，目前為止，我認識的執行員只有兩個。我們先說王寶華吧，他是部門的新人，資歷最淺的一個執行員，也是我到公司後第一個遇到的人。

他讓我對執行員的印象有點幻滅，起初我沒想太多，只覺得執行員都是自願來幫助那些可憐靈魂的，應該都很積極，不過……阿寶身上完全找不到積極這個特質，他接任務非常挑剔，愛接不接的，好像不在乎自己的業績，也不在乎上司跟同事怎麼看待自己……

我不知道該如何評價這種心態。夕生則告訴我，有些執行員答應來上班不見得是為了轉世機會，可能只是想重溫在人間生活的感覺，他們不認真工作，也不介意有沒有薪水，因為這種執行員通常下班後會自己做其他事情賺錢，第十九號部門僅存的十個執行員裡面，有好幾個都是這種類型。

這種員工……要不是現在人太少，我真想裁掉。簽了約就該好好做這份工作啊，就算下班後跑去兼職，白天的工作也不該敷衍吧？

直到現在，我都沒旁觀過阿寶怎麼做任務。雖然我只嘗試過一天，剛好他那天都沒成功簽約。

如果哪天需要考察執行員任務中的表現，我才會特別找他過來吧。畢竟，我現在還是比較想多接觸一些案例，那麼旁觀季先生做任務，自然是我最好的選擇。

最後一個要介紹的人，就是季先生了。季先生叫做季望初，跟阿寶正好相反，是第十九號部門最資深的執行員。平時阿寶喊他初哥，夕生喊他小季，我則是抱持著幾分尊敬的心態，喊他季先生。

我之所以尊敬季先生，是因為旁觀過他的任務後，覺得他很厲害，懂得很多我不懂的事情，我有很多事情需要向他學習。以他的業務能力，理論上早就能存到足夠的積分，成功轉世投胎去了，偏偏他老是在積分將滿前犯事，分數就這麼被扣了一次又一次，導致他一直待在這裡，沒有辦法卸任。

季先生到底是沒有辦法卸任，還是不想卸任呢？

積分快滿就會觸犯律法，感覺並不是巧合。如果季先生是故意為之，就耐人尋味了，他有什麼非得一直待在第十九號部門的理由呢？我真的很想知道。

雖然才認識沒多久，不過在我心裡，季先生的形象很好。他聰明並且有一手好廚藝，嘴巴壞但心腸軟，這樣說或許很奇怪，但我就是覺得……他是個溫柔善良的好人。

來當執行員的人，原本都是被囚禁在靈界，不具有投胎資格的靈魂。我並不清楚能不能轉世的標準是什麼，然而理論上，必須生前所犯的罪大到某種程度，才會失去投胎的資格。

這一點也是我很不明白的事。季先生怎麼看都不像是大奸大惡之人，他生前到底做過什麼？我完全想像不出來。

夕生跟洛陵都沒去探究季先生的過去，按照他們的說法，人家不想說就不要問，反正人家業績那麼優秀，想在第十九號部門待多久都可以，待得久反而是我們賺到。以經營公司的立場來說……或許這樣想也沒錯吧。有如此高效的員工，是公司的福氣，一般的主管或老闆，自然會希望他一直都在，最好還天天加班不加薪，而這些條件，我看季先生差不多都做到了？

因為沒有同性質的部門存在，所以沒有跳槽挖角的問題，只是我心裡還是很過意不去。

如果可以的話，我是想給季先生加薪的啊！我不是那種壓榨員工的壞老闆，我想給合理的薪資，可是——公司現在連正常薪水都還發不出來，完全沒有能力給員工加薪，我只能先以每個月穩定發出全部薪水為目標，其他的事情，暫時無法去想……

還是說，我先給季先生加薪，顯示出我想善待他的誠意，只是先不發那麼多，等到部門運作上了軌道，再補發積欠薪資？

……我仔細想想，又覺得不可行了。儘管我對第十九號部門有很大的期許，也願意盡可能配合，付出自己最大的努力，但現實是，我們部門應該不會那麼快就能賺大錢，要是現在就加薪，累積欠款太龐大，到時候我恐怕吃不消。

人就是不該隨便亂花未來的錢，神也是。

部門裡我認得的人，已經介紹得差不多了，最後就來說說我自己的狀況吧。

我目前是個不支薪的部長，這意味著我沒有人界的錢可以使用，神不吃不喝也不會死，甚至不會餓不會渴，所以我認為這不是問題。原本我打算住在公司，不過在季先生的好心收留下，我有了一個臨時住所，包吃包住，還免費。

而我不但沒給他加薪，還連一般薪水都發不出來。

我覺得……我對季先生的愧疚感正在加深，而且我想不出減緩的辦法。

雖然神不需要進食，不過季先生的廚藝太厲害，感覺不吃很對不起他，所以只要他有準備餐點，我就會吃，通常也吃得很乾淨……於是不知不覺間，我就被貼上了貪吃的標籤，我有口說不清，心裡實在很鬱悶。

在神界的時候可不是這樣的啊，我推辭了多少特意宴請我的帖子，拒絕了多少端到我面前的點心，就算盤子裡是對修行很有幫助的料理，我也能面不改色地拒絕，季先生怎麼會覺得我貪吃呢？我要是真的貪吃，在神界早就吃成一個胖子了！

至於我在神界為什麼拒絕那麼多宴會和禮物，主要是因為不想與對方結交，不想欠人情或者被攀關係。再說那些好東西，無論如何也比不上天奉宮裡的，我本來就靈藥靈丹吃不完了，又何苦收別人的，給自己造成麻煩？

說是這麼說，但我現在一直在欠季先生人情……

沒關係，季先生的人情，我應該還得起……不管他想立即去投胎，還是永遠不要投胎，我都能替他完成心願。除此之外，如果還有其他願望，我也可以盡可能滿足他，再怎麼說我好歹也是個神，我相信我有這個能力！

不過，萬一他的願望是想成仙成神，那就沒那麼容易了。去拜託我父親或母親，不曉得行不行？

這可能不是撒嬌就能拜託的事，反正季先生也沒許這種願，我就先別煩惱這種事吧……

明天就是我上班滿一個月的日子，目前為止，我都在研究水晶球的功能，希望能開發出更多使用方法。

當然，我最希望能研究出來的，就是用神力直接換錢。要是輸入神力就能兌換出鈔票，我就不必為了執行員的業績與薪水發愁了。以我的神力數值，只要兌換比例跟完成任務能拿到的金額差不多，隨便換個幾百幾千萬出來都不成問題，可惜我到現在依然只能變出飯糰跟三明治，口味是新增了不少種，但……我總不能去樓下擺攤賣這個啊。

……不，我真的不能嗎？其實部門沒有規定我上班時間要做什麼，我就去賣個飯糰三明治，說不定賺得還比阿寶多啊？

我一定是想錢想瘋了才會覺得這件事可行，就算我去賣，也不見得有人買，算了吧，想想明天上班的事，感覺會比較開心……

不知道明天季先生會準備什麼類型的早餐？

儘管我真的不貪吃，但每天的早餐，不知不覺也變成生活的一種期待了呢。

抱持著這樣的想法，我沉沉睡去。

那時我還不知道，明天就是殘酷的發薪日。

第一章

來第十九號部門報到滿一個月了，瑛昭今天的精神特別好，早餐也吃得多了點，讓平時都有注意食物分量的季望初疑惑地問了一句。

「瑛昭大人，你今天早餐怎麼吃得特別多？煮法跟平常一樣吧，難道這裡面有你喜歡的食物嗎？」

聽到這個問題，瑛昭停頓了一下，已經插下去的培根馬鈴薯卷頓時不知該吃還是不吃。

「沒有……我只是在想事情，不知不覺就一直吃了下去，畢竟我是神，沒有飽足感，所以沒留意自己吃了多少。」

「是嗎？」

季望初看著他，似乎在評估他有沒有說謊。

「……季先生，用不著這樣看我吧，這種事情我沒必要騙你，我絕對沒有食量變大，也沒有因為壓力或者心情而影響食慾，當然也沒有不想被知道偏好什麼食物而找藉口這種事，真的就如我所說，一時沒注意罷了，毫無虛假。」

瑛昭把讀心讀來的各種質疑一一反駁，說到這裡，季望初若有所思地追問了一句。

「你怎麼都知道我在懷疑什麼？」

「……我猜得出來。」

「這句話是謊言，這點我很肯定。」

瑛昭深深覺得，當季望初認真盯著你看時，想當面撒謊，實在很不容易。

早知道就不要一面讀心一面回答。

「季先生，上班時間快到了，我們還是收拾一下趕緊出門吧……」

「好吧。」

季望初算是放過了他，也暫時放過了這個話題。這一個月以來，他們每天幾乎都是一起上下班的，季望初每天都會叫計程車，默默算過累計起來的交通費後，瑛昭也曾好奇問過一個問題。

『季先生，你為什麼不開車呢？我看很多人都開車上班，公司樓下聽說有停車位

可以停，如果自己開車不就不需要付計程車費了嗎？』

針對這個問題，季望初用一種「你就是不知民間疾苦」的眼神看他，然後做出了回應。

『首先，你要有一輛車，才能開車上班。』

『呃……所以要先買車？車很貴嗎？』

『先不提買車要多少錢，我們還得計算油錢。車要加油才能開，油可不是免費的。我家樓下也沒有免費停車位，所以必須去租一個或是買一個，這些都是錢。』

『不好意思，我不曉得，所以算起來還是搭計程車比較便宜嗎？』

『不是那個問題。要我開車接送你上下班，這是把我當司機？你有要多給我司機的薪水嗎？』

於是這個話題就這麼不了了之了，瑛昭自然沒辦法多開一份薪水出來，反正季望初說搭計程車比較省事，那就聽他的，一定不會有錯。

而他今天之所以特別有精神，是因為他閉關研究水晶球，終於有了一點成果。

之前為了多開發水晶球的功能，瑛昭本來想把水晶球帶回季望初家，卻被他黑著臉一句「不要把工作帶回家」給阻止，於是，為了能盡快研究出自己需要的功能，從半個月前開始，他便讓季望初去其他房間工作，自己則關在辦公室裡苦苦研究。

現在他出關了，這也意味著他可以繼續旁觀季望初跑任務，對他來說，這是個非常值得興奮的消息。

畢竟閉關研究水晶球，是一件相當枯燥乏味的事，要不是為了執行員著想，他才不想上班只做這件事。

「季先生，今天夕生有事找我報告，等他報告完，麻煩你過來找我，我想告訴你這陣子的研究成果。」

抵達公司，搭電梯的時候，瑛昭對季望初這麼交代。

「哦？我都不曉得你這陣子在研究什麼。你的意思是研究結束了？」

「沒錯，今天開始你又可以來我的辦公室做任務了。」

瑛昭微笑著宣布這件事後，季望初顯得意興闌珊。

「可是我並沒有很想回去啊。」

……季先生，別這麼殘酷，一桶冷水就這樣直接潑過來，我整個人都冷靜了啊，給點面子嘛……

「是我措辭不當，我的意思是，今天開始請你繼續來我的辦公室做任務好嗎？」

瑛昭覺得自己這個上司，一直都很沒有在當上司的感覺。不過，這段時間下來，他已經徹底被磨掉了神界的傲氣，體認到那點傲氣對於歷練完全沒有幫助，反而還會礙事。

能夠達成目的才是最重要的，更何況季望初供他吃住，連交通費都包攬，欠這麼多人情，低聲下氣一點也沒什麼，不需要計較那麼多。

「你真不考慮找其他執行員試試看嗎？就算你不喜歡阿寶，也還有其他人啊。」季望初一面說一面嘆氣，瑛昭則毫不猶豫地拒絕。

「不用！」

他甚至連理由都不給，反正拒絕就是拒絕，不需要多提任何事。

於此同時，他也忍不住施展了讀心能力，想知道季望初是否真的很排斥被人旁觀做任務。

然後他讀到了這樣的心音。

（他也太懶了吧，就這麼不想花時間認識一下其他人嗎？做任務要一直被上司旁觀，不就無法打混摸魚了？都不體諒我也有任務不想做完或者上班放空的時候。）

讀到這種話，瑛昭很意外，他一直以為季望初認真工作，也樂於積極幫助那些靈魂，根本沒想過偷懶之類的事會發生在這個人身上。

這時電梯也到了，他不得不暫時先跟季望初道別，前往自己的辦公室。

上班時間偷懶，對人類來說到底是司空見慣，還是不正常？我該去問誰？網路上查得到答案嗎？

如果今天說想打混摸魚的是王寶華，瑛昭一定下意識認為是王寶華本身的問題，但現在想偷懶的是季望初，他的想法就隨之調整，開始思考偷懶是不是人類的常態。

進辦公室後，瑛昭才剛坐下，夕生就來敲了門。

「瑛昭大人——今天上班還是一樣準時呢！小季家到這裡都不會塞車的嗎？我那邊上班時間老是塞車，因為怕遲到，我通常都得提早出門提早到，好難準時抵達公司啊。」

夕生一進來就說出一個瑛昭沒聽過的名詞：塞車。

「什麼是塞車？」

「您不知道塞車？從來沒遇過嗎？」

夕生顯得很驚訝，他沒等瑛昭回答，就自己說了起來。

「塞車就是路上有太多車，導致塞住了，無法順暢前進。是超——級討厭的狀況。每次只要趕時間的時候遇上塞車，就會讓我心情煩躁，恨不得咬死那些開著車擋在路上的人類。」

咬、咬死？

瑛昭第一時間有點震驚於這個詞，接著才想到夕生原本是隻狐狸，這才釋懷。

「夕生啊……你化形成人多久了？」

「咦？瑛昭大人怎麼突然想問這個？其實我沒認真算過，以前嘛，待在深山的時間比較多，吃吃睡睡都不知年月的，不過我想有超過三百年吧。」

夕生隨口說了一個數字後，瑛昭點了點頭。

怎麼是吃吃睡睡不知年月，而不是修行不知年月啊……夕生，你這樣好嗎？

「都超過三百年了，你還是會想咬人？」

「當然啊！我就喜歡咬人！一樣都是要死，讓我咬死至少我還能進補一下呢！」

瑛昭知道，夕生這話多半是在開玩笑。如果他老是咬死活人進補，恐怕就修不成仙了。

從狐妖變成狐仙，可不是那麼容易的事。

「放過他們吧，他們也只是跟你一樣塞在路上的可憐人。」

瑛昭發話後，夕生立即一臉諂媚地湊近。

「瑛昭大人都這麼說了，我當然不會計較。其實要是有機會的話，您能不能讓我咬一口？我咬很輕的，您不會有什麼損失，但是對我來說是大補呢。」

見他將主意打到自己身上，瑛昭頓時起了雞皮疙瘩。

夕生，你就這麼光明正大說你想採補，占上司的便宜？這種話是可以直接說的嗎？還是你覺得我很好說話，有可能會答應這個要求？就算我不會生氣，你的要求也來得太突兀了吧！你也這樣騷擾過以前那些神嗎？

「不行，我不想被咬。」

被瑛昭無情拒絕後，夕生依然不死心。

「要不然，您有沒有什麼想要我完成的工作目標？假如我完成了，就當作工作獎勵行嗎？」

不可以吧。到底為什麼那麼想咬我，神的血肉或許是大補，但你就不能自己規規矩矩地修練嗎，非要依靠這種旁門左道？

「有獎勵的話，我會更認真工作的！比方說招募更多執行員什麼的，您覺得如何？」

瑛昭正要拒絕，卻突然聽夕生這麼說，這使他稍微猶豫了起來。

第十九號部門目前的確很需要大量執行員，有更多的人做任務，部門才發展得起來，要不要為了部門發展犧牲一下自己呢……

不對啊，難道沒有獎勵就不好好工作了嗎？

「夕生，好好工作是你本來就該做的事，這不應該變成你交換獎勵的籌碼。」

「我說的是超額工作啊！」

為了不讓夕生再繼續糾纏下去，瑛昭決定給他訂一個難以完成的目標來結束這個話題。

「不然這樣吧，如果你一個月內能招募到一百個執行員，我就讓你咬一口。」

或許是因為條件太嚴苛，夕生聽到之後一點也不開心。

「瑛昭大人，這是根本不可能達成的數字啊！」

「如此一來獎勵才有意義不是嗎？好了，這個話題到此為止，你不是說今天有重要的事情要找我報告？」

由於瑛昭已經明確表示不想再談，夕生只好開始進入正題。

「是的，的確有重要的事情，您來到這裡也已經一個月了，我統計了這個月公司的收益狀況，然後需要請您——」

夕生笑笑地說了下去。

「——分配一下這個月大家的薪水。」

一聽到要發薪水，瑛昭便緊張得正襟危坐。這個月到底賺到多少錢，他心裡完全沒底，只希望數字不會太難看。

「這個月，執行員一共完成了二十一個任務，其中小季一個人占了十二個，其他執行員完成了九個。另外，有五名執行員沒有完成任何任務。依照這二十一個任務的難度，公司一共進帳十四萬六千元。」

這個金額，比瑛昭想像的低很多，他還沒從這個打擊中緩過來，夕生就繼續說了下去。

「我們公司現在一共十名執行員，還有我跟洛陵兩個行政職，以及您這個老闆。您的薪水要請您自己決定，我們這些職員的薪水，按照國家標準調整後，我跟洛陵一個月是六萬元，執行員中只有小季因為資歷太久，調高到三萬八，其他人都是兩萬八千元。」

他一面說，一面敲計算機，最後結算出一個數字，呈到瑛昭面前。

「也就是說，正常發薪水的話，不計算您的薪水，一個月就需要四十一萬元。而我們顯然沒有這麼多錢，所以要請您決定一下，這十四萬六千元如何分配。」

聽了這麼多數字，瑛昭頭都暈了，而聽到最後，他忍不住問了一句。

「你不是說，之前人人都領半薪嗎？但這個月賺到的錢，好像連一半都不到？」

「我那時候有說，常常連半薪都領不到啊。其實您來之前，我們每個月能賺到的錢平均只剩五到七萬了，多虧您提供這麼多神力來開任務，所以這個月業績成長了不少呢！雖然大半都是小季貢獻的，不過我覺得他還沒出全力，要是他投入百分之百的精力認真工作，一定能創造出更多收入，您也不用太灰心啦，只要再招來幾個比較會做任務的執行員，情況一定能好轉的！」

夕生笑容滿面地鼓勵瑛昭後，瑛昭愣愣地問了一個問題。

「薪水怎麼分配，你有建議嗎……？」

「如果要問我的意見，那五個沒完成任何任務的傢伙直接一毛都不給，剩下的人就有超過半薪的錢可以拿了！如果您覺得小季特別辛苦，想多給他一點，就扣剩下那四個人的額度好了，反正他們完成的業績都沒跟上薪水，扣一些也是應該的，別從我跟洛陵這裡扣就好。」

「那五個人……是都沒工作，還是接了任務卻都失敗？」

「有人是都沒進公司，有人是接了卻失敗。其實有的傢伙正在休假，所以接任務的天數不多，另外也可能是比較倒楣吧，這個月小季以外的人，接任務的失敗機率挺高的。」

有工作卻沒有任何業績，等於對公司沒有任何貢獻，可是他好歹也付出了時間跟精力，是不是該給他薪水？

瑛昭內心糾結著，此時夕生又給了一個建議。

「要不要直接把那五個傢伙開除？這樣您下個月就不用煩惱他們的薪水。」

「唔，都只剩下十個執行員了，你還建議我一下子開除五個？」

「畢竟沒有產出的員工，留著也沒用啊，而且我們這裡辭退員工很方便，不用給非自願離職的補償金，因為辭退就等於直接把人送回靈界當鬼了，自然也不必再給他錢。」

瑛昭一面聽，一面表情僵硬地思考，第十九號部門在人間經營的，是否其實是個剝削員工的無良公司。

「再觀察幾個月吧，可以先警告他們必須做出一些業績，否則有可能請他們回靈界……」

「您真是溫柔啊，那這個月的薪水要參考我的提議，不算他們的份嗎？」

「……就先按照你的提議做，剩下的按比例分配。」

瑛昭說出這句話的時候，總覺得良心有點刺痛。

錢就是這麼少，給不了底下員工合理的待遇，他深深覺得經營一家公司好難，想當個好老闆都沒辦法。

我是不是該想個辦法自己賺錢補貼給他們？但是我能做什麼？賣飯糰跟三明治嗎？

「夕生，樓下能不能擺攤賣東西？」

下定決心後，瑛昭叫住準備離開的夕生，問了這個問題。

「啊？您怎麼會問這個問題？」

「我最近用水晶球做出來的飯糰跟三明治太多了，丟掉很浪費，要是樓下可以擺攤，我想趁午餐時間拿去賣一賣，多少換點錢回來。」

夕生聽完他整段話，卻傻傻地呆站著，彷彿無法理解他在說什麼。

……我說錯什麼了嗎？為什麼夕生的表情這麼怪？不然就讀個心看看？

瑛昭才正想讀心，夕生便以誇張的語氣開了口。

「天啊，瑛昭大人！您沒有必要做到這種地步吧？那可是您用神力做出來的食物耶，吃下去說不定可以延壽，甚至增加修為，您如果覺得可惜，可以給我啊，有多少我吃多少，一顆飯糰才多少錢，拿去賣太浪費了，而且您是什麼身分啊，怎麼能擺攤賣飯糰呢！」

從他的態度看來，他十分不贊同這個主意，瑛昭瞬間困擾了起來。

「不然，三十元一顆賣給你？免費的不行，如果要免費，我寧可去擺攤賣看看，賣一顆算一顆，好歹還是有賺。」

他是鐵了心想經營副業賺錢，見狀，夕生簡直欲哭無淚。

「瑛昭大人，憑您這張臉，想賺錢絕對有其他更好賺的方法，為什麼要執著於飯糰跟三明治呢？隨便當個模特兒啊，開個直播啊，就算您什麼都不會，只要露臉就會有人給您錢了，您知不知道——」

對於他這番哀號，瑛昭的反應很冷淡。

「我是想賺錢，但我不想要別人施捨我。」

「我的天啊，這怎麼會是施捨，那是跪著給錢求您理他們好嗎？您如果去樓下擺攤，我保證問能不能合照的人比問飯糰的人多！您如果說買飯糰送合照一份五百元，十個有十個會給！搞不好一千元也有人給！」

瑛昭實在不能理解夕生為什麼如此激動，而他依舊不想接受夕生的建議。

「我不喜歡販售外表來賺錢，那感覺就像出賣身體一樣，對我來說，這才稱得上是為了賺錢沒必要做到這種地步。」

「親愛的瑛昭大人，您應該調整一下自己的觀念，入境隨俗，了解一下人類的價值觀，這怎麼能叫做出賣身體？您心中出賣身體的定義也太嚴格了吧！」

價值觀的問題，瑛昭不太想跟夕生爭論，他只好奇地問了一件事。

「夕生，所以……上面說的那些，你有做過嗎？你的外表在人類世界也算得上不錯吧？」

「……缺錢花的時候會開直播撈一下啦，但我不想搞得太出名，所以沒有好好經營這一塊，我可不想過出門就被偷拍的日子。」

出門就被偷拍？人類到底是怎麼回事，這麼奇怪？

瑛昭的人界知識，還沒擴展到明星與狗仔隊那一塊，也還不知道什麼是狂熱粉絲。雖說神界說不定也有這種事，但沒機會出現在他身上——因為他是天奉宮的少主，光是這個身分，就沒有人敢對他無禮。
「是不是所有人都有私底下做別的事情賺錢啊？」
「當然啦！這點錢哪夠花啊，即使有發表定薪水，一樣少得可憐，付完房租跟生活費就沒剩多少啦，這樣過活太痛苦。執行員會變這麼少，錢就是主因，很多靈魂想拿到轉世機會，又吃不了苦，也不想自己去找兼差，我們也很頭痛。」
聽了這番話，瑛昭再次堅定了賣飯糰的決心。
「這麼說來，公司的確很需要有一筆資金，才能用比較高的薪水說服靈界的靈魂來當執行員呢！所以樓下到底能不能擺攤？」
「……您要是這麼想擺攤，我就不阻止您了，如果依照法規，鐵定不能直接下去擺，但只擺一下，警察來抓就逃跑的話，應該是沒問題。需要桌椅嗎？我可以叫洛陵幫您搬下去。」
會被警察抓？會違法？
這幾個關鍵字，讓瑛昭頓時有點緊張。
「如果跑得不夠快呢？被警察抓了會怎麼樣？」
「其實不會怎麼樣，就是罰款，但罰單一開，可能原本賺的錢還不夠賠，具體來說會罰多少，我也不清楚。」

「還、還有嗎？擺攤還會遇到什麼賠錢的狀況？」

「有有有，雖然不知真假，但聽說每個地方都有地頭蛇會來收保護費，不給的話就會砸攤子，這也是一筆開銷呢。」

「什麼？這跟被警察抓比起來，哪個比較貴？」

等等，我是不是該先問地頭蛇是什麼？

「我不知道啊，如果您真的需要這種資訊，我讓洛陵去打聽再交報告給您。」

夕生說著，終於忍不住問出一個問題。

「瑛昭大人，您有需要擔心這些問題嗎？您可是神啊，這些事情無法用神力解決嗎？比方說用神力讓警察跟地頭蛇找不到您的攤位，或者用神力讓警察開過的罰單消失之類的啊？您在人界使用神力有受限制嗎？」

唔，這個問題該怎麼回答？多少還是會有限制，畢竟我是來管理第十九號部門，不是來把人界搞得一團亂，非必要性的神力使用，影響的範圍如果很大，被查出來會追究我的責任，只是……這些限制對「天奉瑛昭」來說是不存在的，所以到底算不算有限制？

仔細想想，應該還是算在「有限制」吧，我是隱瞞身分來歷練的，當初決定隱瞞，不也是因為身分的特殊性，很容易讓我遇不到各種歷練中該面對的困難嗎？

「有受限制啊，不過用來避開警察，或許可行，我會試試看。」

利用神力獲得這點小小的便利，瑛昭認為是可以被允許的。聞言，夕生嘆了口氣。

「瑛昭大人，我還是覺得賺大錢不能靠飯糰啊，您一顆才賣三十元，就算午休時間下去賣一小時，賣了一百顆，那也才三千元，三十天就是九萬元，還是補不了資金缺口，更別說累積資金用高薪聘用新的執行員啊。況且您的神力真那麼多，可以每天做一百個飯糰拿去賣嗎？」

何止一百個。一萬個都不成問題，只是我賣不完而已。

「那你告訴我什麼口味比較貴，我一個賣六十，一個月就有十八萬了吧，我覺得是個可以接受的小本生意。」

「……好的，那麼可以用三十元的價格每天賣我十個嗎？就當作是員工價。」

「當然可以。」

於是，瑛昭終於憑一己之力賺到了第一個三百元，這一切目前還只有兩個當事者知道。

*

夕生離開後，瑛昭正準備先開始做飯糰，季望初就來敲門了。

「啊，季、季先生，你這麼早過來啊？」

他這略顯心虛的態度，讓季望初挑了挑眉。

「為什麼你的語氣聽起來是覺得我太早過來？夕生報告完不就沒事了嗎？」

「我沒有這樣覺得啊，你來得剛好，我現在就告訴你這段時間我研究出了什麼吧。」

瑛昭清了清喉嚨，接著打起精神開始介紹。

「首先，我研究出了直接跟任務中的執行員聯繫的方法，只要由我操作，就可以和你進行即時溝通。以後不需要用傳訊息的方式等你答覆，我也能多多轉述當事者當下的想法給你，這樣一來，任務的進行應該會方便許多，成功率也會提高吧？」

在介紹這個功能時，瑛昭有點興奮，但季望初顯得興趣缺缺。

「我沒有很需要這個功能耶。對其他執行員來說可能比較有用吧？但這個功能只有你能用，所以你應該去旁觀其他人執行任務，然後隨時給予他們指點才是。」

什麼？不需要？

瑛昭僵了一秒，隨即追問。

「季先生，為什麼你不需要？」

「我的任務完成率本來就很高了，就算有這種功能，也很難提升多少，有時候就是遇到奧客，不是我的問題，而且我也不喜歡按照鬼魂的要求臨時改變我做任務的方式。」

……簡單來說就是任性。季先生就這麼不喜歡被干涉嗎？

「接任務不就是以完成任務為目的嗎，為什麼你不想臨時調整任務方向？」

「因為這很影響我的工作心情。除非委託人很值得同情，或者很討人喜歡，否則我做任務一向是以我的心情為主，沒興趣配合他們。」

說到這裡，季望初像是覺得自己的話太自大，因而補充了幾句。

「況且，很多委託人本身不是笨就是陷在局中，提出來的意見未必有用，聽他們的話反而會搞砸一切，畢竟他們時常連自己是怎麼搞砸的都不知道。」

瑛昭聽他說得振振有詞，頓時洩氣。

「好吧，至少……如果委託人真的非常不滿，我可以通知你提早結束任務，不用再浪費時間？」

「瑛昭大人，你是不是忘了？任務是否成功，是根據合約，不是根據委託人的滿意度。只要合約上的條件可以達成，任務就能繼續，在我完成之後，不管委託人有多不高興，都只能乖乖去投胎。」

這一點，瑛昭確實忘了。

被季先生這樣說一說，我怎麼覺得我開發出這個功能，完全沒有價值？……也許對別的執行員來說還是有用啦，可是我不想去旁觀別人做任務啊。至少也得等到他們獨自接任務的成功率有百分之六十以上再說。

唉，季先生比起任務完成率，更在乎自己的心情，一定是因為他不缺錢所以不缺業績吧……

「季先生，我聽說這裡人人都有兼職，能不能好奇一下你的兼職是什麼？」

他其實就是想問季望初為何這麼有錢。目前為止，第十九號部門裡他只知道兩個人有錢，一個是洛陵，一個就是季望初。洛陵的錢是當劍仙的漫長歲月中累積下來的，那麼季望初呢？

該怎麼做，才能變得很有錢？有沒有他也能做，又不需要出賣身體的好兼職？

「你好奇這種事做什麼？」季望初並沒有直接回答。

由於太想知道答案，瑛昭在追問之前，開啟了讀心能力。

「我也想賺錢，所以想參考一下大家的兼職，看看裡面有沒有適合我做的。」

問題一問出口，季望初的心音就傳來了。

（該怎麼回答？我的兼職有的遊走在灰色地帶，有的還違法，都不適合推薦給他啊。不只是不適合推薦給他，就連讓他知道也不好吧？難道要臨時編出一個兼職來？）

他不知道這些內心想法都被瑛昭聽到了，而瑛昭正處在衝擊當中。

灰色地帶？違法？季先生到底都在做什麼，這、這跟我想的不一樣啊！季先生不是個大好人嗎？

「我的兼職沒什麼好說的，那些都不適合你。」

「你還是可以說說看——」

「你應該相信我的判斷。」

話說到這裡，應該是問不下去了。瑛昭深深覺得自己今晚多半會睡不著。

「那……就繼續說我開發出來的其他功能好了。」

「哦？還有？」

「當然還有，總會有讓你覺得有用的！」

瑛昭這麼說之後，季望初擺出一副洗耳恭聽的態度，等待他繼續介紹。

「下一個功能是消除任務過程中的痛覺與各種不舒服的感覺，這個總派得上用場了吧？」

他滿心以為季望初會對這個功能讚不絕口，沒想到季望初聽完，依舊搖頭。

「大部分的時間都沒有用。」

瑛昭自然完全不能接受這個評價。

「為什麼？如果任務中受傷生病，痛覺與不適感難道不會影響心情嗎？」

「會，但是不多。相較之下，無法用我預設的方式完成任務，才更影響我的心情。」

大概是覺得瑛昭一定聽不懂，季望初進一步做出了解釋。

「沒有痛覺，就無法評估自己受的傷有多重；沒有不舒服的感覺，就得靠自己演出不舒服的模樣。有時候我就是需要生病後的表現，全都只能用演的，太累了，真正感受到痛苦，呈現出的樣子才自然。」

「可是，如果你痛到受不了，我可以臨時幫你去除痛覺啊，這樣不就有幫助了？」

對於他提出的做法，季望初毫不猶豫地否決。

「我不會受不了。阿寶那小子還比較有可能。」

由於讀心的能力還沒關掉，因此瑛昭意外聽見了一句心音。

（開什麼玩笑，痛到求人幫忙解除疼痛，那也太丟臉了吧？）

……

瑛昭一陣無奈，只能當作自己沒聽到這句話。

「你剛剛說大部分的時間沒有用，那有用的時候，是用在什麼地方？」

「喔，例如被蚊子叮了很癢啊，這種不舒服的感覺就可以消除。」

我為了季先生努力開發出的功能，居然只能在被蚊子咬的時候派上用場？

瑛昭覺得自己快要被打擊到再起不能了。或許是因為他的情緒完全表露在臉上，季望初猶豫兩秒後，出聲安慰了他。

「其實對別的執行員來說，還是挺有用的，應該可以增加某些人接任務的意願，也可以用這個功能當賣點來招攬新的執行員。」

「……我會努力開發出可以讓執行員自行選擇是否使用的功能。」

見他依舊悶悶不樂，季望初勉為其難又補充了一點。

「仔細想想，還是有其他能用到的地方，比如我真的接到生孩子的任務，您就可以幫我消除感知了。我並沒有很想親身體驗生孩子是什麼感覺。」

別再提生小孩了！也別接那種任務！

「我知道了……那我就介紹新開發的最後一個功能吧。」

「還有？」

季望初露出震驚的表情，彷彿不敢相信他能在這段時間內開發出這麼多東西。

「嗯，還有。現在即使合約上沒特別規定時間，也可以隨時結束任務了，不需要透過自殺之類的方式。只要我這邊操控水晶球，就可以讓執行員退出任務。」

這一次，季望初總算露出了讚許的表情。

「這個不錯，挺有用的，那有沒有中途存檔的功能？」

「中途存檔的功能？那是什麼？」

難得季望初主動提出要求，瑛昭立即問了起來。

「就是可以暫時退出任務，下次再從相同時間點繼續的功能。如果有這種功能，每天就能準時下班了，不必擔心下班前接任務會在公司通宵，也會比較有意願接耗時長的任務。」

原來季先生想要這種功能？我還真沒想過，聽起來確實挺有用的……

「我會研究看看，但是不保證能研究出來。」

「沒關係，我只是提看看，能開發出來自然最好，不能就算了。」

「季先生都特別開口了，我怎麼能讓你失望呢？我一定會弄出這個功能！」

聞言，季望初不禁嘀咕了一句「剛剛不是才說不保證能研究出來嗎」，由於他的聲音非常小，瑛昭就沒回應這句話。

「對了，季先生，任務的難易度是怎麼判別的？從靈界召喚靈魂過來的時候，可以指定要召喚哪個難度的靈魂嗎？靈界又是怎麼分類他們的？不是被我們召喚過來才會開始問遺願嗎？」

這件事情，瑛昭已經好奇很久了，剛好今天想起來，就順便問了一句。

「召喚時可以指定難度，先前我沒詳細說明，就用任務難度帶過，但其實兩者未必相關。我們能看見的難度，是靈魂轉世的阻力，也就是他拒絕轉世的強烈程度。阻力越高的，判定為難度越高，完成任務後得到的積分也就越多。不過阻力高的靈魂，遺願有可能只是回到過去救一隻貓之類的小事情；阻力低的靈魂，也可能要你去代替他打籃球比賽直到拿下十次世界冠軍。」

瑛昭似懂非懂地聽著，季望初則在清了清喉嚨後，做了結論。

「只是根據經驗，阻力低的靈魂，任務通常會比較簡單，所以我之前才沒有認真區分兩者。」

「喔……」

「還有其他事情想問嗎？沒有的話我就召喚靈魂了。」

「好的。」

召喚靈魂的手續，瑛昭已經看得很習慣了。在季望初的操作下，辦公室內，一名年輕女子的靈魂慢慢顯現。

呃？該不會……這次要看季先生演女人了吧？

第二章

「代號二四四五六九號，這裡是第十九號部門，跟我們說說妳的故事吧，為什麼妳不願意轉世？」

即便看到召喚出來的是女性靈魂，季望初依然面不改色地進行例行詢問，好像一點也不在乎簽約成功就要扮演女人。

被召喚出來的女子看起來年紀很輕，外表亮麗。意識到這裡是第十九號部門後，她的眼睛瞬間亮了起來。

『第十九號部門，對吧？你們可以替我完成願望？』

看來是個會積極配合的靈魂呢。瑛昭對女子有了這樣的第一印象。

「妳可以先介紹自己的人生，說明死因，再說說妳的願望，我們會評估。」

季望初不疾不徐地這麼說，女子聽完，立即開始講述自己的故事。

『沒問題。我叫徐雅萍，死亡時二十九歲，雖然我高中時遭遇變故，父母雙亡，

不過讀書到出社會，我的人生沒遭遇過什麼大困難，因為成績優秀，畢業後也順利在一家不錯的公司就職，月入八萬，整體來說我算是滿意我的生活——』

快速說到這裡後，女子咬牙切齒地說出了下一句話。

『直到我遇到那個腳踏兩條船的渣男！』

女子散發出的恨意，幾乎讓房間裡的溫度都為之下降，但聽完這些，瑛昭內心卻不合時宜地浮現出其他感想。

這個靈魂的薪水好高！比我們部門的每個人都高！是她很厲害還是我們部門薪水偏低？季先生的月薪連她的一半都不到，我是不是很對不起季先生？而且，都已經這麼低了，我還只發得出半薪！

瑛昭陷入了自責的情緒中，季望初則點頭示意女子繼續說。

『那個渣男是我工作上認識的同業，是他追求我的，因為他表現得很紳士，我們之間有不少話題，相處起來也不錯，約會幾個月後我答應跟他交往……這真是我做過最後悔的決定。』

女子一面說，姣好的臉孔一面逐漸扭曲。

『起初還沒什麼事，第三個月，忽然有匿名信寄到公司，指責我當小三，勾搭別

人的男人，說我是個不要臉的女人，順便也把我公司罵了一遍。主管叫我進去，告訴我這件事的時候，我一頭霧水，根本不曉得發生了什麼事。』

或許是這種故事並不少見，季望初默默聽著，臉上的表情沒有多少變化，瑛昭則是第一次聽，想插嘴問點什麼，卻又不知道能怎麼問。

唔，是誰告發的啊？是他的另一個女友嗎？一般發現這種事情是這樣處理的嗎？為什麼要先找人家公司？難道公司還能管員工的私生活？

『我從來沒懷疑過自己男友，但發生了這種事，我當然內心還是有疙瘩。也是我那時候太蠢，沒私下調查，而是直接問他。渣男當然矢口否認，聲稱可能是前女友見不得他過得好，才來針對我，我那時候……居然相信了。』

從女子的神情看來，她十分痛恨那時候的自己，也覺得自己的決定極為愚蠢。

『又過了兩個月，我開始覺得同事們看我的眼神很奇怪，經過我的追問，原來針對我的抹黑已經擴展到網路上，對方加油添醋說了一堆我根本沒做過的事，公司有人看到之後，抱著分享八卦的心理私下流傳，這才搞得一堆人看過，我反而是最後一個知道的。我羞憤地提離職，接著就開始調查整件事情。』

女子氣憤地述說到這裡，瑛昭忍不住疑惑。

為什麼要提離職？既然是謠傳，澄清不行嗎？然後又為什麼要羞憤？如果都是沒做過的事，都無愧於心，不是應該絲毫不受影響嗎？

假如季望初知道他這些想法，或許會想吐槽他不食人間煙火。距離搞懂人類複雜的情感，他恐怕還有很長的路要走。

『除了自己查，我也花錢請人幫我查，結果查出一個年紀比我小的女人，而她居然是那個渣男的老婆！我直到此刻才知道，這男人不只是腳踏兩條船，還是個有婦之夫，讓我在不知情的狀況下當了小三！』

她顯然覺得這是奇恥大辱，連說話的聲音都顫抖了起來。

『氣憤之下，我找渣男對質，在車上，他還想說謊安撫我，不過我已經清醒了，自然能看出他的推託之詞有多可笑。我跟他大吵一架，情緒激動之下還動了手，然後……出了車禍，我不知道他有沒有死，但我就這麼死了。』

交代完這些，以及自己的死因後，女子悲痛不甘地哭出聲音，瑛昭也對她產生了幾分同情。

所以是……好好的人生就這麼毀了，內心非常怨恨，想找那個男人報復的心情嗎？對季先生來說應該不難吧，不管是揍一頓還是讓對方後悔，我猜季先生都能辦到？

「那麼，妳的願望是什麼？」

對季望初來說，這才是重點。女子稍微克制情緒後，很乾脆地提出了自己的要求。

『我要去找那個女人狠狠教訓她！發現丈夫出軌，也不離婚，偷偷摸摸針對我是想怎樣！為什麼這些人被老公背叛都是對付外面那個女人，而不是怪罪老公？有本事就當面說清楚，叫我離開他，這樣我至少可以早點認清渣男的真面目啊！明明我跟她都是被騙的，憑什麼只把自己當受害人，這樣破壞我的名聲啊！』

女子提出來的願望，跟瑛昭想的完全不同，這使得瑛昭一陣錯愕。

妳這也是針對女人，沒有針對那個渣男不是嗎？渣男騙了妳還害死妳耶，他難道不是更值得教訓的對象？

「條件開得清楚一點，我需要幫妳做到什麼？或者妳想自己去做？」

聽到可以自己來，女子明顯有點心動，但思考再三，她還是拒絕了這個提議。

『不行，我個性衝動，容易搞砸一切，讓我自己做，萬一又搞砸，我恐怕就再也無法原諒自己了。』

聞言，瑛昭很想說，搞砸也可以再開一次，反正他神力很多不是問題，不過他怕說出來會給季望初增加麻煩，只好乖乖閉著嘴巴不發言。

『不然這樣吧，我要那個女人為她的所作所為後悔，並且離開她老公！要她主動離婚才算數！』

如果是報復渣男，那或許不難，但要讓渣男的老婆後悔並且離婚，好像就沒那麼容易了。

一路旁聽到這裡，瑛昭還是不禁想問一句。

「都不針對一下那個渣男嗎？就算讓他失去老婆，對他來說也不算是多大的懲罰吧？」

季望初用一種「為什麼要多管閒事增加我工作」的眼神看向瑛昭，這讓瑛昭心虛地移開視線。

『他有什麼讓我針對的價值啊？這傢伙就是我人生中的汙點，我只想把他抹去！還是你們可以讓時間回到我跟他交往之前？如果可以，就幫我狠狠拒絕他！叫他有多遠滾多遠！』

一提到渣男，女子的情緒就失控，看來她說的衝動壞事，確實有可能發生。

「回到哪個時間點不是我們能決定的，除此之外，妳的要求我收到了。」

季望初冷靜地向公司系統申請神力，製作出魔法契約，接著便將契約懸至女子面前。

「簽下妳的名字，合約就成立了，我會代替妳去完成妳的願望，如果我完成任務，妳就必須去投胎。還有任何問題的話，現在提出來。」

女子看完合約上的文字後，沒有提出異議就爽快地簽了名。

「瑛昭大人，那麼我去執行任務，等到任務結束，再麻煩您用神力讓我退出。」

「好的。」

瑛昭看著季望初從原地消失後，便熟練地叫出投影螢幕，開始和女子一起觀看任務過程。

＊

季望初回到的時間點，可說是非常不理想，正是徐雅萍在車上與自己男友吵架動手，即將出車禍的那一刻。

要是真按照原本的狀況出車禍，季望初會被撞死，任務就可以直接宣告失敗了，這可不是他想看到的事。

「雅萍，妳不要無理取鬧，我是真的愛妳，妳能不能冷靜一點——」

此時渣男男友伸出一隻手來壓制「徐雅萍」，完全沒在看前方路況，化身為徐雅萍的季望初也不跟他多說廢話，徐雅萍會因為力氣小被制住，他可不會。

季望初以最短的時間掙脫，隨即一拳擊中男子的下巴，搶過方向盤，硬是在最後關頭閃過了一輛違規轉向的車，他們的車則撞上旁邊的安全島，發出巨大的聲響。

撞擊時的衝擊力，讓季望初暈了一瞬，坐在駕駛座的男子正痛苦呻吟著。安全氣囊沒有打開，對他來說比較省事，在確定自己只受了點輕傷後，季望初拿出自己的手機，二話不說就撥打了報警電話。

「你好，我想通報一起車禍，肇事者是我前男友，我現在還在他車上，但他鎖了車門不讓我下車，所以我想同時控告他妨害自由，希望你們能盡快派來人來處理。」

他飛快報出了車禍地點，將一切聽進耳裡的男子也回過神來，震驚地開口質問。

「雅萍，妳在說什麼？而且我什麼時候變成前男友了？」

都這種時候了，這男人最在意的居然是這件事？季望初無言之餘，看向他的眼神，就像是在看一件大型垃圾。

「不好意思，在發現你有老婆的那個瞬間，我們之間就已經結束了。喂？我有聽到——沒關係，我不需要救護車，至於我前男友，他看起來繼續待到做完筆錄也沒問題，謝謝。」

結束報警電話後，季望初只想安安靜靜等警察到來，但身旁的男子又糾纏不休地試圖拉他的手，他則搶先一步抓起男子的手凹下去，手腕脫臼帶來的疼痛頓時讓對方慘叫出聲。

「陳先生，這是我最後一次警告你。」

季望初盯著男人，冷冷地說了下去。

「再動手動腳，我就把你閹了，說到做到。」

*

在辦公室內觀看過程的瑛昭跟女子靈魂，反應不太一樣。

女子看了季望初的一連串動作，似乎覺得很紓壓，大聲讚好，瑛昭則看得有點心驚，但是見女子開心，他也不好說什麼。

季先生……一開始就來這麼狠的嗎？直接動手，待會警察來了會不會反被告？然後這個警告……是不是因為被男人碰會感覺噁心啊？畢竟季先生只是扮演女人，他實際上還是男的，所以不想被男人占便宜？

瑛昭想來想去，最好奇的還是——要是男子繼續動手動腳，季望初會不會真的說到做到？

如果真要把人閹了，那畫面也太不堪入目了吧，是不是不適合旁觀？事情萬一進展到那種地步，我要不要先把畫面切掉，還是我先出去？畢竟我不想看……

『唉，我就該學點格鬥防身技巧，遇到事情的時候才能把對方痛毆一頓啊……』

此時女子發出了這樣的感慨，彷彿很遺憾不能親自揍一揍這個渣男。

「妳對這男人的怨恨還是很深啊，為什麼願望不把他帶進去？」

『我才不要，那樣搞得好像我還很在意他似的！看到他倒楣，我還是會幸災樂禍，但是特別對付他就不必了，時間不想浪費在他身上，我先前已經浪費過太多。』

聽了這個說法，瑛昭總算稍微能理解了點。不過，他還是覺得女子的想法很奇特。

能夠看得這麼開的凡人應該不多吧？對於背叛自己、傷害自己的人，多數人都是耿耿於懷的吧？至少……神界那些神都是如此，所以我覺得人類多半也是這樣。

瑛昭將注意力轉回螢幕上，大概是被季望初的眼神與話語嚇到了，男子不敢輕舉妄動，又驚又恐地觀察自己女友的神色，就好像自己此刻才真正認識這個人。

「妳……妳先冷靜冷靜，這不像是平時的妳……」

或許是因為季望初的變臉太過衝擊，男子甚至忽略了手腕的疼痛，就怕眼前這個看似嬌弱的女人會暴起傷害自己。

見他這副態度，季望初低低笑了幾聲，隨後盯著他，以嘲諷的語氣開口。

「現在倒是知道害怕了？在你決定要騙我的時候，怎麼就不怕哪天被我發現呢？」

不得不說，他善用眼神與聲音，將氣氛營造得很足夠。男子聽完這個問題，只覺得女友的神情越看越讓人毛骨悚然，不想再跟她待在同一個空間裡。

「我解鎖了！妳下車吧！分手就分手，我不會再糾纏妳！」

「警察都還沒來呢，急什麼？」

季望初完全沒有下車的意思，反而跟他談起了條件。

「你以為欺騙了我的事情，可以說一句分手就兩清？你把我當什麼了？」
「那妳想要怎麼樣？是不是要我補償？要多少錢？」
他這番話，讓季望初看向他的眼神更冷了些。
「陳先生，你倒是很熟練的樣子，已經很有經驗了？我恐怕不是你第一個劈腿的女人吧？」
「雅萍，妳怎麼會這樣想，我不是那種人——」
「好了，閉嘴，我現在聽到你的聲音就嫌煩。我不要你的錢，如果你真的有心懺悔，就去實名登報道歉說你劈腿。」
季望初提出的條件，男子自然無法接受。
「這不可能！換個方式吧，雅萍……」
「怎麼了，你是怕丟臉嗎？不想在親朋好友面前抬不起頭？不願意讓大家知道你做了這種事？」
季望初邊說邊觀察他的表情，確定自己戳中要害後，又冷笑著繼續問。
「這可是你讓我承受過的事。我根本不知道自己是小三，就這樣背負莫須有的罪名，一直被你老婆攻擊，而真正做了這種事的你卻連體會一下這種感覺的勇氣都沒有，還敢說愛我？」

一路旁觀到這裡，瑛昭看了看身邊的徐雅萍，欲言又止。

雖然任務才剛開始沒多久，不過……總覺得季先生好認真在對付這個男人喔，委託者也看得津津有味，確定不更改一下願望？現在要改，應該還來得及唷？

想歸想，瑛昭仍是沒出聲。畢竟剛剛都已經問過了，只要徐雅萍不主動開口，他就不打算多管閒事。

我是不是該開始做飯糰了？姑且先做一百個？一百個會不會太多啊，從來沒賣過，萬一賣不出去，剩下一堆，好像很困擾，是不是該先做三十個試試水溫就好？其中還有十個是要賣給夕生的……

這時螢幕上的季望初已經開始跟警察解釋車禍狀況，瑛昭則默默摸上水晶球，開始分心製造飯糰。

「啊，妳慢慢看，我先忙一下。」

他製造飯糰之餘，不忘跟徐雅萍交代一聲。徐雅萍循聲看過去，頓時瞪大眼睛，不知該做何反應。

『……可以請教您在做什麼嗎？』

「我在做飯糰。」

秉持著「我不尷尬，尷尬的就是別人」的做法，瑛昭回答得泰然自若，十分從容，就好像在第十九號部門，做飯糰是一件再正常不過的事。

『請問，這飯糰是第十九號部門需要用到的重要道具嗎？例如員工餐，或者靈魂投胎之前必須吃一顆之類的……』

她純粹好奇一個神為什麼會花時間做飯糰，並想為其找出一個合理的理由。

「不是，沒有這種好事，想吃得花錢買。」

瑛昭否認得相當快，簡直就像擔心對方想白討一個飯糰般。

『那麼，飯糰的用途是？』

「妳不需要知道這麼多，這不是妳能打聽的事。麻煩妳繼續專注於自己的案子，這才是妳該做的事。」

對一個素昧平生的靈魂解釋自己因為缺錢發不出薪水，所以想去賣飯糰，這種事實在是太尷尬了。若是真的解釋，恐怕會被追問更多事情，從營運狀況一路問到第十九號部門的資金來源，最後再對他抱以同情……光是用想的，瑛昭就覺得自己承受不起。

好奇這種事做什麼呢！不就是做幾個飯糰，有那麼奇怪嗎？不曉得她是不是誤會了什麼，反正就算誤會了也沒關係，隨便她怎麼想吧！

瑛昭自暴自棄地繼續做飯糰，儘管他可以用讀心能力來得知徐雅萍的內心想法，但他寧可不要知道。

以他對神力的掌控程度，利用水晶球做飯糰已經沒任何難度，不過如果分心看螢幕，還是有可能失敗，為了快速做完三十個飯糰，他只能聚精會神在這件事上，暫時放棄跟進季望初那邊的情況。

等到他做完三十個飯糰，這才有空看看季望初那邊進展到哪裡。

螢幕上已經沒有了警車，也沒有了那個渣男，而季望初……正在當跟蹤狂。

或者該說，他正在做一個跟蹤狂會做的事，至於他跟蹤的對象，就是渣男的老婆。

渣男的老婆名叫羅筱君，從外表看來，是個嬌小清秀的女子，年紀比徐雅萍小，是個全職家庭主婦。季望初因為辭職了不用工作，有大把時間可以花在她身上，不管是現實中的跟蹤還是網路上的跟蹤，他都不遺餘力地進行。

追查網路足跡查到一半，季望初喃喃自語了一句。

「哦，倒是有點意思，走這個路線可能比較有趣。」

至於他指的是什麼，瑛昭完全沒有頭緒。季望初做的功課多半都記在他腦袋裡，沒有寫筆記統整，所以他沒有任何線索可以觀察，而隔著螢幕，是無法讀心的。

這個時候，他留意到一件事：快要十二點了。

糟糕！是不是該下去準備擺攤？聽說各家公司都是十二點午休，人們會出來買東西吃，就是這種時候才好賣吧？是不是該去找夕生幫我搬桌子了？

瑛昭滿心都是自己的賣飯糰大業，因為怕耽誤時間，他站起身子，對徐雅萍交代了一句「我有其他事情要忙，妳自己看」，就跑了出去。

「夕生！洛陵！是不是該下去擺攤了，能幫我搬個桌子下去嗎？」

他一走進洛陵與夕生的辦公室，就急切地提出自己的要求，而從他們的表情看來，顯然他們已經忘了這件事。

「搬桌子下去當然沒問題，洛陵，你上吧。」

夕生眼角微微抽搐地使喚起洛陵，洛陵則皺著眉頭，略顯遲疑。

「瑛昭大人，您真的要下去擺攤賣飯糰嗎？」

「是啊，我飯糰都做好了呢！夕生，這十顆是你買的，剩下二十顆我拿下去賣看看。」

「噢，我的飯糰嗎？好，謝謝，我現在就把錢給您。」

夕生在掏錢包的同時，洛陵猶豫片刻後，也開了口。

「不然，這二十顆賣給我吧，您就別下去擺了？」

「咦？」

不對吧，這樣子……感覺我的飯糰都內部消化了，根本沒有多賺到錢的感覺啊，這跟我想的不一樣，不行，我不能這樣妥協……

「洛陵，我覺得這樣不行，你們總不能每天都跟我買吧，長久下來不是辦法，我還是應該去擺攤賺外人的錢才是。」

瑛昭義正詞嚴地拒絕後，夕生馬上澄清。

「不，瑛昭大人，您想太多了，每天買十顆飯糰我可以的！這可是神力飯糰啊！當成補品來買，完全沒有問題！」

說著，他看向洛陵，像是希望他也表態支持。

「……每天買二十顆我也沒問題。」

洛陵是照著夕生的意思表態了，但瑛昭總覺得這是捐錢，不是真的有需要。

為了確定自己的想法，他讀了一下洛陵的心音。

（唉，飯糰買回去，就找個孤兒院之類的地方固定捐贈吧，也算是一件善事。修行還是要靠自己，吃神力飯糰進補，終究不是正道。）

如果洛陵買飯糰是要拿去捐贈，瑛昭倒是沒有意見，不過他還是想去擺攤。

「三十個只是因為第一天試賣，才做比較保守的數量，之後我也不會只做三十個啊，只賣三十個，賺的錢哪夠補貼公司呢！」

見他如此堅持，夕生苦著臉站了起來。

「好吧，那洛陵你今天先別買，我們陪瑛昭大人下去賣飯糰，讓他體驗一下擺攤的感覺。」

「我一個人就可以了吧？」

「不行，我們必須陪您下去。您沒多少在人間生活的經驗，怕您太好說話被欺負。」

「……」

＊

拎著飯糰，由夕生和洛陵陪同著下樓的瑛昭，內心有幾分激動，也有幾分緊張。

自從來到人間，這是第一次有機會憑著自己的力量賺錢，他覺得這會是很值得紀念的體驗，儘管他並不清楚等一下該怎麼做。

下樓之後，夕生與大樓管理員交涉了一番，接著就過來招呼洛陵去擺桌子。

「我們就臨時擺攤半小時，應該不會被抓，管理員特別通融了，他會睜一隻眼閉一隻眼當作沒看到，來吧！」

由於飯糰不多，洛陵只扛了一張小型會議桌下來，放下桌子後擺好飯糰，然後貼上價目表，臨時攤位便大功告成。

或許是他們三位的外表與氣質都太出眾，攤位剛擺好，雖然引來一堆人注目，卻沒有一個人敢上前。

「夕生，為什麼很多人看著，卻都不過來？」

瑛昭小聲詢問夕生，想了解現場的氣氛是怎麼回事。

「噢，親愛的瑛昭大人，鐵定是您長得太好看了，所以大家只敢遠觀。」

夕生以諂媚的語調回答，瑛昭聽完也不知該說什麼。

不是吧？長得好看不能出來賣飯糰嗎？先前不是還說長相漂亮有優勢？

「那我們該怎麼做？你有建議嗎？」

洛陵顯然只負責站在一旁當保安，所以瑛昭只好求助於夕生。

「就喊一喊，叫賣幾聲吧，放心，交給洛陵！」

夕生說著，隨即拍了洛陵一把。

「喂，出點聲音，叫賣幾句吧。」

「……」

洛陵一臉「我沒做過這種工作你到底對我有什麼期待」的表情，然後敷衍地喊了一聲。

「賣飯糰，想吃的過來買。」

先不提他毫無活力的嗓音，光是他那副生人勿近的死人臉，就足以嚇跑顧客。

「你到底會不會啊！真是的，我來！」

夕生對洛陵的叫賣相當不滿意，當即自己開口。

「賣飯糰喔！好吃的飯糰！一顆八十，買到賺到！」

比起洛陵的叫賣，夕生的叫賣熱情多了，但瑛昭聽完吃了一驚。

怎麼會是八十！什麼時候漲價的？咦，價目表也是八十？我不是告訴夕生一顆六十嗎？

驚慌之下，他想告訴夕生價格有誤，然而沒等他說，附近觀望的幾個上班族女性就走過來了。

「你們這飯糰是什麼餡料的啊？」

「是什麼餡料的呢，瑛昭大人？」

夕生無法回答這個問題，只好把問題轉給瑛昭。

「啊，有兩種，一種是明太子鮭魚，一種是起司炸蝦。」

這幾位女性似乎只是隨口問問，並不在意餡料是什麼，聽完瑛昭的回答就問起了其他事情。

「飯糰是你們包的嗎？」

「是這位帥哥親自做的喔！手工限量，賣完就沒了。」

夕生笑著回答後，對方問出了最後一個問題——也是最重要的問題。

「跟你們買飯糰可以合照嗎？」

聽到合照，洛陵便默默退後，夕生看向瑛昭，瑛昭也馬上搖頭。

對瑛昭來說，加上合照就是在出賣色相，不是賣飯糰了。

「不好意思，他們都比較害羞，如果要合照，大概只能跟我——」

夕生話還沒說完，瑛昭就扯了一下他的衣服，低聲示意他拒絕。

「夕生，不可以！我們是賣飯糰，不是賣臉，你不用為了幫我賣飯糰而犧牲自己，我們正常賣就好！」

雖然是當著客人的面討論，但以瑛昭的能力，他想不讓人聽到，自然可以用神力干擾。

「瑛昭大人，賣飯糰也是服務業，通常這種小小要求店家都會答應的，我們的賣點就是外表，就是因為飯糰是帥哥做的，我才提高了售價，您別這麼矜持嘛！」

夕生能感知到神力波動，所以他知道現在講話不會被顧客聽見，連忙開口勸說。

「不行，要有原則。」

瑛昭的態度相當堅持，完全不想為了賺錢妥協。

「就算不開放合照，也會有人偷拍啊！」

「謝謝你提醒，我會讓那些人的相機失效的。」

既然瑛昭不肯讓步，夕生便無奈接受了現實。

「美女，抱歉啊，我們老闆不接受員工跟人合照，要是對飯糰有興趣歡迎購買，帥哥親手做的，保證值得！」

婉拒合照要求後，對方抱怨了一句「真是小氣」就走了，一顆飯糰也沒買。

夕生很無奈，也只能繼續叫賣，結果走上前來的顧客幾乎都是女性，每一個都問了合照或拍照。當然，夕生全都按照瑛昭的要求拒絕，其中只有五個人買了飯糰，半小時下來，銷售量慘不忍睹。

「瑛昭大人，時間差不多了，我們收一收回去吧。」

初次賣飯糰，賺到四百元，瑛昭雖然稱不上滿意，但還是有點開心。畢竟這可是他在人界賺到的第一筆錢，而且不是從員工那裡賺來的。

「您看起來心情好像還不錯？賣出五顆，您覺得可以接受嗎？」

夕生觀察著瑛昭的表情，小心翼翼地詢問。

「可以接受啊，賣得比原本貴，還有人願意買，那調整價格後就可以賣好一點了吧？我對賣飯糰的未來還是很有信心的。」

「喔……這樣啊……您打算每天都下來賣？」

「是啊！不能偷懶，本來就賺不多了。」

瑛昭認真地點點頭，表現出他繼續賣飯糰的決心。

「好的，我們都會陪您，別擔心。」

夕生表示了自己的支持後，洛陵也主動開口。

「瑛昭大人，那麼您今天剩下的飯糰要賣給我嗎？」

「好啊，謝謝你。夕生，今天辛苦你了，明天再麻煩你幫忙。」

「不會不會！能為您服務是我的榮幸！」

結束賣飯糰的業務後，瑛昭趕緊回到自己的辦公室，繼續觀看季望初的任務。

總共離開了四十幾分鐘，也不知季先生那邊進行得如何？中間錯過這麼久，我還能看懂劇情嗎？

推門進去之前，瑛昭心裡有著這樣的擔憂，而在他推門進去後，他發現自己真的看不懂了。

螢幕上，季望初所扮演的徐雅萍坐在餐廳裡，唇角微勾，身為渣男老婆的羅筱君則坐在他對面，看向他的眼神帶著崇拜，也帶著渴望。

「雅萍，我都按照妳說的做了，能不能誇誇我，給我一點獎勵？」

季望初用唇抿了一口紅酒，才不疾不徐地開口。

「做得很好。對付這種男人，婚離了，財產一起帶走，不是很棒嗎？」

「那、那麼，妳提過妳現在對男人反感，比較喜歡女人，我現在單身了，不知道我有沒有機會？」

羅筱君發問時，聲音都有點顫抖。面對她的告白，季望初微微一笑，過了幾秒才回應。

「抱歉。如果妳只是想要一個吻，我可以給妳，但如果妳想要一段感情，我給不了妳。」

瑛昭近乎石化地看完這一段，然後僵硬地轉頭去看徐雅萍的表情。

徐雅萍此刻也是呆滯狀態。被這個把她視為小三的女人告白，對她來說想必是很衝擊的場面。

「我不在的這段時間裡，發生了什麼事？」

瑛昭忍不住問了這個問題。徐雅萍從頭看到尾，應該很清楚中間的過程。

我忽然後悔去賣飯糰了，早知道會變成這樣，應該留下來看啊！季先生是怎麼辦到的？這可是直接把痴迷於渣男的情敵變成迷戀自己的人，非常不簡單耶！

『就是……他跟蹤觀察那個女人，大概進行了一個月，接著他製造了巧遇的機

會，開始和那個女人接觸，然後……我也不知道是什麼狀況，多約幾次之後，那個女人越來越在意他，看到他還會臉紅……』

從她語無倫次的狀態看來，她應該還處在連番的震驚中沒回過神，所以無法好好陳述過程。

……季先生真是太可怕了。其實只要這個結論就夠了吧？

瑛昭正思考著，剛好收到季望初傳來的消息。

『瑛昭大人，任務已經完成了，幫我提前結束吧。』

收到這個訊息，瑛昭第一個反應是：季先生使用我開發的功能了！太好了，還是有用嘛！

然後，他才思考起任務是否已經完成。

渣男的老婆已經跟他離婚了，想來是主動提出，那她有沒有為自己的所作所為後悔？這一點是否該確認一下呢？

正巧，螢幕上羅筱君因為告白被拒，而痛苦地開始道歉。

「雅萍，是不是因為我過去做的那些事讓妳心存芥蒂？我錯了，是我被壞男人迷了心智，失去思考能力，才那樣針對妳，認識妳以後我每天都在後悔這件事，我真的太傻了，當時我就該甩他兩巴掌直接選擇離婚的，原諒我好嗎？」

噢。條件馬上就達成了，這下子連問都不用問，合約完全可以成立！

瑛昭默默點頭後，沒等季望初回答，就快速結束任務，讓季望初脫離虛擬世界。

季望初的身形在辦公室中重新建構完成後，他馬上看向徐雅萍，進行最後的收尾。

「任務完成了，應該沒有問題吧？」

『……理論上是沒有問題，只是跟我想的不太一樣……我能接受，不過有個問題想問。你會原諒她嗎？』

徐雅萍一口氣說出自己的想法與疑問，季望初也很乾脆，立即就給了答案。

「我不會。無論嘴巴上是否原諒，我心裡是絕對不會原諒的，不報復已經是最大的仁慈，還求原諒？太超過了吧。」

季……季先生，你這樣回答真的好嗎？靈魂如果放不下仇恨，能安心去投胎？

瑛昭心裡擔心，不過徐雅萍沒多說什麼，點點頭就乖乖讓季望初送她去投胎了。

「季先生，你……」

原本瑛昭想問問他如何讓情敵愛上自己，但話說出口前，他猛然想到問這個問題會曝露出自己沒全程觀看的事實，因而瞬間改口。

「你完成任務的速度一樣好快啊，新功能派上用場，還是挺好用的吧？」

「先不提這個，我現在比較想知道，你剛才去哪了？怎麼離開了那麼久？」

季望初突如其來的一句話，把瑛昭驚出一身冷汗。

咦？我離開的事情，季先生是怎麼知道的？

此時瑛昭面臨了兩個選擇：如實相告，或者隱瞞。

要在幾秒內做出決定，實在不是一件容易的事。

要不要讓季先生知道我去賣飯糰？看夕生跟洛陵的反應，季先生多半也不會支持吧？他會不會也像他們一樣，想出錢買下我所有的飯糰，讓我不要去賣？

如果發生這種狀況，那也太不好意思了吧！季先生做的飯那麼好吃，讓他買下一堆神力生成的普通飯糰，怎麼想都是很失禮的事情啊！不行，我絕對不能賣給他……

可是若要隱瞞，又能隱瞞多久？

因為糾結，瑛昭沒能在正常的反應時間內開口回應，於是季望初的眼神透出了濃濃的懷疑。

「瑛昭大人，這個問題很難回答嗎？」

……糟糕了，沒有一開始就回答，現在才回答感覺會被質疑心虛，我連季先生會說什麼話都想像得到，他大概會說我遲疑的表現是因為心虛，接著就開始說我對自己正在做的事情沒信心，才會不敢說出口，如果我認為這件事很棒很正確，我會聽見問題就馬上坦然回應……也不過慢了幾秒，我怎麼就處在如此被動的狀態？

瑛昭困擾地思索到這裡，才決定先把狀況問清楚。

「你不是在任務中嗎？怎麼會知道我中途離開？」

聽他這麼問，季望初不禁笑了出來。

「這就要歸功於你開發的新功能了。任務做到一半，我想跟你說說我的任務方向，但你沒有任何回應。接下來，因為任務進展順利，我傳訊息告知你可以提早結束任務，而你依舊沒有反應。」

咦？季先生居然這麼頻繁地使用我開發的新功能？我是不是該感動一下？但是，用我開發的功能抓到我不在場，這實在……讓我心情很複雜啊……

「當然，我也想過會不會是夕生或洛陵找你，所以我剛才直接問你。從你的反應看來，顯然不是他們找你。」

……都忘了還能用夕生找我當藉口來解釋我中途離開，是我太慌亂了嗎？

「怎麼就不能是他們找我了？說不定他們是為了一些不方便讓你知道的事情找我，我才猶豫要不要告訴你啊？」

瑛昭垂頭喪氣地這麼問，想搞清楚季望初的判斷根據。

「確實有這個可能性，但機率很低。現在你都這麼說了，自然就不是這種事，所以你要回答問題了沒？」

季望初將話題轉回了原本的問題上，眼見避無可避，瑛昭只好誠實回應。

「中午我離開了一下，去樓下擺攤賣飯糰。」

「……」

季望初大概沉默了五秒，才難以置信地開口確認。

「你說的是賣飯糰？就是拿你做的飯糰去販售？」

他那驚愕的語氣，使得瑛昭有點不敢承認。

怎麼辦，季先生果然覺得這件事很離譜吧？現在收回剛剛的話還來得及嗎？但即使收回，我也想不出合理的謊言啊。

「是啊，就是拿我做的飯糰去賣，想增加一點公司的收入……」

瑛昭現在十分糾結要不要讀心，他一方面想知道季望初的想法，一方面又覺得不讀就可以裝死，不必面對那些殘酷的心聲。

「賣飯糰增加公司的收入？你賣了幾個？」

自己那悽慘的賣量，瑛昭實在不知道該怎麼說出口。

雖然第一天有賣出去我就已經很滿意，但季先生顯然不會這麼想吧？

「怎麼了，是少到說不出口，還是多到說不出口？」

別再問了，都知道說不出口，為什麼還要追根究柢問下去呢！

「沒賣多少，詳細數量就別問了。」

他都這麼說了，季望初便沒繼續追問數量，但這不代表季望初不會問其他問題。

「那麼你認為這對公司的收益有足夠的幫助嗎？如果你只是想體會親手賺個幾十幾百元的感覺，我就不會問這麼多了，但你說是為了增加公司收入，這讓我忍不住想問一問，你是認真的？我的上司想到增進公司收入的方法，是自己親自去擺攤賣飯糰？」

聽完季望初這番話，瑛昭心裡那點賣飯糰的鬥志，已被打擊得幾乎一點不剩。

一廂情願地想用自己的方法賺錢，也不看看實際收入多少，果然還是太天真了吧……也只有季先生才會這樣不遺餘力地打醒我，夕生跟洛陵大概礙於我是上司，都不敢說得太直接。

「我錯了，等我開發出能賺更多的東西再去賣吧……」

「你真的想靠個人副業來填補公司的資金缺口？還是把精力放在經營公司上吧，公司的收入靠無關的業務來補，要不是這是神界的部門，這種公司早就該倒了好嗎？」

他這番話在瑛昭心上插了無數刀。

「可是要先把員工福利搞好，才能招到好人才，公司才經營得起來啊？」

「好人才在於有沒有緣分，不在薪資條件好不好。來當執行員的靈魂有很大的原因是想得到投胎機會吧，如果都找到那種想回人間界混吃等死的執行員，公司業績會好才有鬼。」

真的嗎？那……難道我應該親自去靈界一趟，舉辦徵才會？啊！我想到了！

此時，瑛昭猛然想起，他雖然沒什麼人界的資源，但神界的資源可是多到數不清。

「季先生，那我開徵才會的時候，用神界的物資當報酬找人才如何？」

「……神界的物資？什麼樣的東西？」

季望初對這種東西完全沒概念，只能詢問瑛昭。

「其實很多東西我都能提供，不過對凡人有用的，可能是能增加壽命的天然材料，或者能治癒疾病的丹藥，又或者是一次性的法術，只是不知道這些東西對靈魂來說有沒有吸引力。」

「……」

季望初一陣沉默，瑛昭則毫無感覺地繼續說下去。

「如果是要對靈魂有幫助的東西，也是有一些能選，要多少有多少，季先生，你認為這類的獎勵可以招到人才嗎？」

「……只要那個人才剛死沒多久，一定有吸引力。但我認為你不要隨便拿出這種太超過的東西比較好，除非神可以隨便改變現世的狀況。」

「為什麼需要對方剛死沒多久呢？」

瑛昭這才聽出季望初語氣不對，並疑惑地問了一句。

「因為剛死沒多久的靈魂，在這個世界上很可能還有在意的人。你提供的靈藥，他可以拿去給自己想救的人使用，這就是最大的誘因。你或許可以因此得到一個願意為你賣命的員工，甚至可以跟他簽約要求積分到了也不能離開，只是……如果只有一個兩個，也許還好，你要是大量招聘員工，每個人都拿靈藥去治好了一個絕症的親友，那對人界的影響還是挺大的吧？」

季望初難得如此語重心長地勸告，瑛昭覺得自己必須認真面對，然而……這會不會對人界造成很大的影響，他真心不知道。

身為一個壽命無限的神，人類的生老病死是他不曾經歷也不曾看過的歷程，這也是他想來人界歷練的理由之一。他覺得自己對人類與人界的理解太少了，儘管他可以永生永世待在神界，完全不過問人界相關的事情，但這並不是他想走的路。

此時，面對自己不清楚的事情，他決定勇於承認自己的無知。

「季先生，人類活長一點，身體恢復健康的人多一點，會發生什麼事？我不太了解人界的情況，所以無法想像。」

在他這麼說之後，季望初先皺起眉頭，接著才出聲。

「你……先去多看看小說跟影片吧，那是最快可以閱讀別人人生的方法，雖然有很多過於離譜的虛構劇情，不過看多了也能學到一些東西。」

咦？結論居然是多看小說？創作出來的劇情，對於了解人類壽命與健康的問題真的有幫助嗎？

「不過，如果隨便亂看價值觀有問題的做法，對你來說反而有壞處。之後我會開一些書單給你，麻煩你都要看完。」

「喔……」

聽到季望初要準備書單，瑛昭就放心了。在他看來，季望初提供的學習素材一定可靠，只要按照季望初說的做，就不會有問題。

「所以，用神界的物資來徵募員工，你覺得不可行嗎？」

眼前比較重要的，是確定能否執行這個招聘方案。要是不行的話，就得再想別的方法。

「你剛才提的那些物資，如果用來大量招募，我覺得不適合。倘若只用來招募個位數的執行員，也許還可以。」

不能拿來大量招募啊？那真是可惜了……還以為我找到了能快速增加執行員的絕妙辦法，結果事情依然沒有我想的這麼容易啊……

「好吧，這件事我會繼續研究，那我們繼續任務？」

聞言，季望初點了點頭，隨即召喚下一個靈魂。

第三章

隨著召喚程序展開，一名少女的身影慢慢顯現。她看起來身體瘦弱，似乎還未成年，但她在瞧清楚自己身在何處後，立即眼睛一亮，整個人都變得有活力了。

「代號九四七二一〇〇，這裡是神界直屬第十九號部門，妳應該知道自己為何被召喚到這裡。說說妳的故事吧，為什麼妳不願意轉世？」

季望初熟練地說了他的開場白，少女則在他說完之後，略帶遲疑地問了一句。

『是要介紹自己的整個人生嗎？可是我的人生乏善可陳，應該沒幾句就講完了，這樣也可以嗎？需要講到多詳細？』

她那副小心翼翼，深怕自己被退貨的模樣，讓瑛昭覺得有點新鮮。

這個靈魂好像很積極想簽約的樣子？那我們是否也該把握機會，趕快讓合約成立？

「不用很詳細，講個大概就好，我們只是想知道妳留在靈界的理由，同時了解妳的願望有多大的機率能完成。」

季望初淡淡地說明後，少女便緊張了起來。

『噢！好，我、我在學校的時間不長，沒怎麼上台自我介紹過，也沒參加過什麼演講比賽，如果我講得不好可以再給我一次機會嗎？』

「這不是面試或比賽，妳不需要戰勝別人，我們抽中了妳，只要妳的願望合理就可以簽約執行，放輕鬆當成聊天來陳述吧。」

看出少女的緊張後，季望初放柔了聲音，調整好自己的語氣，連面部表情都柔和了不少，似乎想盡量降低少女的焦慮程度。

季先生……好像對小孩子都比較有耐心呢。上次那個高中生也是。

瑛昭在心裡這麼想著，此時少女也鼓起勇氣，開始了她的述說。

『我叫做王熙圓……我是個很普通的國中生，其實原本應該可以上高中了，但我生病休學的時間太長，國中還沒讀完，所以不能上高中。當然，我也沒有辦法去考試，就算我考了，大概也考不過吧，書都沒有念……』

少女開頭說的這段話，十分凌亂也沒有重點，瑛昭只捕捉到一個情報，就是她的身體不好，常常生病。

『**至於我是怎麼死的，就是病死的，我本來就長期住院，到後來終於撐不下去了，唔，就是這樣。**』

她交代完自己的死因後，似乎就不知道該講什麼了。對此，瑛昭只能說，她真的很不擅長自我介紹。

「那麼，妳不肯轉世的原因是什麼呢？說一說妳的願望吧。」

季望初問出這個問題。然而，少女像是不知該從何說起，支支吾吾了一陣子，才猶豫地開口。

『**我也不知道該怎麼說……我好像沒有很具體的願望，就只是還捨不下一些事情，有很多遺憾……一般大家都怎麼許願呢？**』

瑛昭第一次見到這種搞不清楚自己想要什麼的靈魂，他看向季望初，打算看他如何處理。

「通常大家提出的要求，都是改變過去的某件事情，或者藉由改變某個決定來變更自己的命運。這與妳生命中後悔、存有遺憾的事有關，妳可以仔細想想。」

季望初做出這樣的解釋後，少女看似有點失望。

『**所以不能做出延長生命，繼續活下去的要求囉？**』

「如果妳的死因是病死，那恐怕沒辦法。要是死因是自殺或者意外，那就有操作修改的空間。」

『噢……好吧，我知道了，如果是以前的事情，也是有幾件挺遺憾的……比方說有一次打了點滴昏睡，就錯過了仙門大比，害我們宗門沒能拿下第一……』

「仙門大比？那是什麼？」

這個奇異的名詞讓瑛昭忍不住出聲詢問。

『啊！不好意思，忘了介紹，那是我玩的修仙手遊裡面的團體比賽，我們推出最強的五個玩家，代表宗門參賽，結果冠軍賽我缺席，等於直接輸一場，我的隊友們因而打得很艱辛，我心裡覺得很愧疚。』

雖然少女好不容易講了比較有內容的事件，理應讓她繼續講下去，但瑛昭還是不禁想打斷她的話。

「修仙手遊？那是什麼？」

『那是——』

「我來解釋吧。」

為了怕少女表達能力差，解釋不清，季望初主動攬下解釋的工作，開始說明。

「那是由修仙小說演變出來的一種手機遊戲，通常是扮演一個凡人，透過遊戲內設計的方式，一步一步修練成仙，當然裡面的仙人等級與修練方式都是虛構的。」

季先生真不愧是季先生，什麼都知道，不過這種遊戲到底是怎麼回事？我好好奇啊！

「我能詳細了解一下修仙手遊要怎麼玩嗎？」

他這句話讓季望初白了他一眼。

「你一個神，還玩什麼修仙手遊？仙在神的眼裡，什麼也不是吧？」

……季先生，洛陵聽到你這麼說可是會不開心的，他是個劍仙啊。

「我不否認神跟仙之間存在巨大的鴻溝，但這不妨礙我好奇人類幻想出來的修仙遊戲啊。」

「那你可以下班後再了解。現在應該辦正事才對。」

季望初想將話題轉回少女身上，但少女卻擺擺手，激動地搖頭。

『沒事沒事！我的事不要緊，先了解一下遊戲也沒關係的！反正跑一跑新手教學不需要多久，您可以現在就下載來看看！我教您！』

「……」

從季望初的眼神看來，他很想反對，只是努力忍住了。

於是，少女熱情地給瑛昭推薦了她生前玩的遊戲，下載的期間，季望初皺著眉自言自語了一句。

「遊戲居然還存在，看來是很新的靈魂啊。」

……嗯？什麼意思？這種遊戲過一陣子就會消失嗎？

『哇，五週年了啊，好懷念喔，沒想到這遊戲可以營運這麼久，也不曉得甜姐跟祖哥哥他們還在不在，說不定還沒退坑呢。』

聽見少女說出這句話後，季望初馬上一個箭步走過去，隔開了她與瑛昭。

「還是我來教吧，妳先去旁邊等一等。」

『咦？可是您有玩過嗎？』

「沒玩過這款，但同類型的有摸過，只是介紹一下修仙手遊怎麼玩而已，不需要了解得太深入。」

『但我玩過，我來介紹就可以了啊，為什麼要換人？』

少女的堅持讓季望初嘆了一口氣，不得不說出真實原因。

「妳已經死了，不能再跟現實世界有任何聯繫，特別是透過我們。妳教他跑新手任務，中途說不定就會看到生前認識的人，或許妳會想說什麼或者做什麼，但這是不可以的，所以退後吧，我想我已經說得很清楚了。」

這段直白的話語，讓少女本就沒什麼血色的臉瞬間僵硬。她看起來十分難受，抿著唇默默退開，這副模樣讓瑛昭有點不忍心。

即便不忍心，他還是不想破壞規矩。

「下載好了，季先生，跟我講解一下吧。」

於是季望初站到了他身旁，示意他點開遊戲，瑛昭照做之後，先看了一段開頭動畫。

仙氣飄飄的人物與聲光特效，瑛昭全程是滿腹疑惑看完的。等到動畫結束，他抬起頭問了季望初一個問題。

「洛陵有玩過這種遊戲嗎？」

「我怎麼會知道，你可以自己問他。」

季望初跟洛陵幾乎沒有交情，不知道也很正常。瑛昭心情複雜地繼續看下去，接下來，遊戲便引導他進入吸收靈氣修行的畫面。

「這是……什麼？」

「主角吸收靈氣，增加修為的畫面。看到螢幕上有數字在跳吧？跳出來的數字是他打坐一次增加的修為，目前五秒增加一次，等到下面的進度條滿了，就可以突破一個境界。」

季望初指著畫面上的資訊解說給他聽，他則不解地問了一句。

「突破一個境界？」

「你們神界沒有不同境界的劃分嗎？」

「有是有，可是……他就只是這樣坐著不動，然後過了幾十秒，就突破一個境界了？」

瑛昭難以接受地提出質疑，季望初的回應則非常平淡。

「玩家哪來的耐心等超過一分鐘？你就當作加速了修練的時間，用比較簡單的方式呈現出來，反正突破之後主角就會變強，你看，戰力增加了。」

「戰力？」

瑛昭這才注意到左上角的數字，現在顯示是一萬二。

「你遊戲裡的修為、裝備、法寶、寵物之類，所有對你打架有幫助的東西，系統都會給他們一個相應的數值，全部加起來就是你的戰力。一般來說，戰力低的玩家打

不贏戰力高的玩家，但也要看遊戲怎麼設定。」

這部分的講解，瑛昭聽得懂。於是他好奇地轉頭，看向站在角落的少女。

「王熙圓，妳當初戰力多少啊？」

『我嗎？兩千三百億！』

「……」

瑛昭看向自己的一萬二，然後又看向季望初。

「這遊戲裡的其他玩家戰力是多少……有辦法看到嗎？」

「能，通常有個排行榜。」

季望初湊過去操作，點了幾下後，叫出了排行榜。

戰力排行第一的玩家兩千四百億，第二名正巧就是兩千三百億，也不知是不是王熙圓的角色。

如果這是她的角色……原來她是個這麼厲害的玩家？也太會玩了吧？

『那個，你們在看排行榜嗎？我的角色叫做修仙者 88975 ，能不能幫我看看我現在被超過了沒？以前我都是第一。只是透露這點資訊應該沒關係吧……？』

令人意外的是，叫做修仙者 88975 的角色，是第一名那個戰力兩千四百億的玩家。瑛昭用眼神詢問季望初能不能說，季望初默默點了頭。

「妳現在還是第一名。」

『我現在還是第一名？』

少女自己似乎也很訝異，半晌後，她又自言自語了一句。

『啊，可能是有人繼續幫我玩了吧……這樣也好。』

「能夠一直維持第一名，很厲害耶，妳很擅長玩遊戲嗎？」

瑛昭問出這個問題後，季望初搶在少女回答之前，先做了解釋。

「手機遊戲想長期保持第一名，會不會玩遊戲不是重點。」

「那什麼才是重點？」

「花多少錢才是重點。」

季望初點出這個事實後，少女跟著點了點頭。

『對啊！我其實沒有很會玩遊戲，只是很會花錢而已。』

聽他們這麼說，瑛昭便好奇起了別的問題。

「玩到第一，要花多少錢啊？」

「不一定。至於她玩的這個遊戲要花多少才能第一，你自己問她吧。」

見問題轉到自己身上，少女主動告知了金額。

『**這個遊戲還好啦，短期之內要維持第一的話，差不多一百萬就可以了。**』

「一……」

一百萬？一百萬——？我們公司上個月才進帳十四萬六千元耶！玩個遊戲為什麼可以花這麼多？這個世界的遊戲都這麼貴嗎？而且她只是個孩子，哪來這麼多錢？

為了避免曝露自己的無知與貧窮，瑛昭沒將驚訝表露出來，原本的驚呼也吞了下去。

此時，季望初補上了一句話。

「一百萬嗎？那確實不貴。有些遊戲初期就有人砸上千萬，這個遊戲確實還好。」

上……上千萬？不就是玩遊戲嗎！我在神界雖然很有錢，也不會花那麼多錢在娛樂上啊！這裡的有錢人到底是怎麼想的，如果能真的修成神仙，花上千萬還能理解，但這是假的！玩這個又不能成仙！

「花上千萬的修仙遊戲，有比較厲害嗎？」

「那種會讓人花上千萬的遊戲，通常是別種類型的，不是修仙題材。」

聽季望初這麼說，瑛昭也不知自己該不該稍感安慰。

該說至少沒有人傻到花那麼多錢玩修仙遊戲嗎？可是……仔細想想，花在其他遊戲也很奇怪啊，我一直以為人類只有為了長生不老之類的事情才願意砸大錢，結果居然為了遊戲也能花這麼多？在遊戲裡花錢能得到什麼，快樂嗎？人類真的好難懂……

「這個遊戲，花錢都花在什麼地方啊？」

『很多啊！只要是能提升戰力的東西，都可以花錢購買，例如抽寶物的地方，如果想要全套收集升到滿等，可是要花不少呢。』

「抽寶物？」

瑛昭聽不懂少女的意思，於是季望初便開始在遊戲中翻找資源。

「如果有這種看運氣抽物品的系統，通常一開始都會送你抽幾次的機會——嗯，送了十抽，抽看看吧，點這裡。」

在季望初的指導下，瑛昭按下了十連抽的按鈕，出現九個藍色光圈與一個紫色光圈，接著就是一陣眼花撩亂的新物品展示，底下還有物品功能的說明。

「好了，你得到了十個寶物。怎麼樣，很簡單吧？」

「……」

何止是很簡單，簡直太簡單了吧？為什麼這麼簡單就可以得到？這合理嗎？

「這麼簡單就能得到的東西，還能叫做寶物？」

瑛昭的質疑，讓季望初露出了嘲諷的笑容。

「你抽到的，確實不算是好東西，藍色品質跟紫色品質都是比較差的，要說不是寶物也沒錯。看來神玩遊戲的時候運氣並不會特別好呢，一點偏財運也沒有。」

……我只是問個問題，怎麼好像就被季先生嘲笑了？這是在說我不會賺錢嗎？

『不要灰心，一次十連抽的結果不好，就再抽一次，抽多了自然就會有好東西了！神明大人要不要玩玩看？說不定您會喜歡。』

少女說出了她花錢的心得，瑛昭禮貌地微笑帶過話題，實則完全無法認同。

我哪來的錢再抽一次啊！連員工的薪水都發不出來，根本就沒資格花錢玩遊戲吧！

「妳還是先說說妳的遺憾吧，也可以講一講妳跟這個遊戲的淵源。」

季望初給了她講述的方向，於是少女整理了自己的思緒後，便開始緩緩說起遊戲與自己的淵源。

『起初，我會玩手機遊戲，是因為長年躺在病床上，沒辦法出去玩，也沒事可

做。有的時候我甚至連下床都很吃力，在床上滑滑手機，動動手指，就是我唯一能做的事……』

生病這種事，瑛昭從來沒體驗過。他從網路上得知人類會生病時，還好奇地搜尋了一下生病會有什麼狀況，然後又發現世界上的病種類實在太多，一時之間看不完，就暫時放著，沒繼續研究。

此時少女所描述的經歷，是他無法想像的。在他熟悉的神界裡，虛弱到那種地步，都是相當特殊的情況，或者本體被重創才有可能。

這樣的病情，不管怎麼想都很沉重。而且按照少女的說法，她的病似乎沒有治癒的一天，後來也是年紀輕輕就因病辭世……

『我玩遊戲原本都是一個人玩，沒跟人互動，直到這個遊戲有人邀請我進他們宗門，我才加了他們的聊天群組，也因此對這個遊戲有比較深的感情，這也是我玩最久的手機遊戲，一直玩到死都還沒退坑呢。』

「咦？修仙的話，自己一個人修練應該比較有效率，也比較能堅持下去吧？」

瑛昭的發言讓季望初瞥了他一眼，顯得有幾分無奈。

「那只是個遊戲，不是真實修練。人類是需要社交的生物，對很多人來說，有了社交的聯繫，遊戲確實能玩比較久。」

我看我還是不要隨便發言好了。我不懂的事情實在太多了，先聽她說完吧！

「妳繼續說吧，不好意思。」

『喔喔，好。總之……一個人玩的時候，我都隨便亂玩，加入群組之後才學到很多遊戲的重點，像是怎麼獲得資源，怎麼選擇有用的技能跟武器，這其中有大半都是祖哥哥教我的。然後，因為我時常不方便上線，甜姐就很熱心地聯繫我，主動提出可以幫我開帳號上去完成一些比較瑣碎的日常任務，多虧有他們，我才能在老是發病的情況下，仍沒有與遊戲脫節。』

這是少女第二次提到這兩個名字，原本決定先等她說完的瑛昭，這時又忍不住想問一個問題。

「為什麼不是祖哥哥跟甜姐姐，或者祖哥跟甜姐？」

這個問題一出，季望初便再次瞥向瑛昭，從他的眼神看來，他似乎覺得這是個非常無聊的疑問。

以了解少女的角度來說，瑛昭所問的問題確實沒什麼幫助，因此他有點心虛。

我只是覺得稱呼不對稱很奇怪，所以才想問一問嘛……

『噢！甜姐是遊戲暱稱，他其實是個男的，祖哥哥的遊戲暱稱是阿祖，我也不記得原因，反正不知不覺就喊他祖哥哥了。』

「那妳怎麼不喊甜姐哥哥，或者甜哥哥呢？」

在他接續著問之後，季望初看向他的眼神，像是已經看不下去了。

此時如果讀心，多半會讀到「問這什麼沒意義的問題，而且還一直問」之類的想法。

『不是每個人都知道甜姐是男的嘛，甜姐也說把他當女的就好，所以我就這樣叫了。』

瑛昭心裡想著，要是針對這個問題繼續問下去，季望初很可能會不耐煩地叫停，所以他忍著沒問，示意少女繼續她的陳述。

『祖哥哥跟甜姐都是我很佩服的玩家，祖哥哥能花比較少的錢達成比較高的戰力，還可以打贏比他戰力高很多的玩家，精準控制帳號的發育。甜姐則是可以一個人玩好幾個帳號，我都不知道他怎麼辦到的，光是開我的帳號我就覺得累了，他居然可以幫好幾個人開，簡直自己一個人就可以經營一個宗門，對遊戲有這樣的熱情，一定是很想成仙吧！』

「……在人類世界，很想成仙不是一句好話。」
季望初說了這麼一句，少女立即驚慌起來。
『啊，我不是那個意思！我沒有惡意！』
「我們明白。這兩個玩家對妳來說是不是特別重要？妳的願望跟他們有關嗎？」
季望初的提問，用意在幫她抓住重點。
『應該……有關吧。除了那次比賽沒上線，有幾件事情我也覺得挺遺憾的……』
「哪幾件？妳可以條列出來。」
聞言，少女在心中細數，才接著開口。
『首先是，在我死之前還沒看過宗門在比賽中拿到第一。再來，我一直想幫甜姐買幾張月卡報答他幫我管理帳號，但我還沒做就死了。最後……我到死前都還不知道祖哥哥跟甜姐有沒有在一起，好希望他們在一起啊。應該就這幾件事吧。』
嗯？這些願望好像不難啊，看來並不貪心嘛。
「我以為妳的願望會有打贏祖哥哥之類的。」
瑛昭好奇地詢問後，少女搖了搖頭。
『我沒有打輸他啊，雖然他可以打贏戰力比他高很多的人，但我花的錢太多，所以還是我贏，除非我停課。』

「……」

這孩子到底花了多少錢？

「妳怎麼有這麼多錢能花啊？」

『唔，我們家其實挺有錢的，不過爸媽不怎麼關心我，生病之後很少來探望，我說需要錢網路購物，就給了我信用卡，讓我自己刷……既然如此我就不客氣啦，但我還是有克制，我只有花到本服第一，沒有花到全服第一。』

有個富爸爸真好。瑛昭一方面這麼想，一方面又覺得……自己好像沒資格羨慕，畢竟自己也有富爸爸，只是不在人界而已。

「三個條件太多了，妳刪減第一條或者第三條，否則無法簽約。」

原本瑛昭以為少女的條件很簡單，沒想到季望初沉思到現在，居然討價還價了起來。

「那兩條有很難嗎？」

瑛昭不禁想為少女說話，季望初則在瞪了他一眼後，冷淡地解釋。

「宗門比賽是團體賽，又不是她有出戰就能拿第一，除了策略，還要看全宗門玩家的課金程度，我總不能幫全宗門的玩家課金吧？就算要拉比較強的玩家過來，也得要這個宗門還有空位可以收人，即便可以收人，以她的身體狀況，真的有辦法花大量時間去挖角嗎？這種很難控制的事情，我沒有把握能好好處理。」

「那……第三條呢？」

瑛昭沒想那麼多，聽季望初分析，才意識到一切沒那麼簡單。

「第三條，聽起來是那兩個玩家在一起她才沒有遺憾，但我不知道實際狀況，萬一他們沒有互相喜歡，那要幫忙促成他們交往嗎？人類的感情不是那麼好控制的，我不是不想做事，只是不想做沒把握的事，三個條件裡有兩個沒把握，我認為太多了，不適合簽約。」

唔，聽起來的確不容易，但我挺想看季先生如何促成別人交往耶……就不能接下這個任務嗎？

『咦！對不起，是我要求得太多了，那我改一下，我、我想想……』

少女一聽到無法簽約，就著急了起來，然而要拿掉哪一個條件，她似乎很難下定決心。

「季先生，不然你就盡量做做看，但是不保證完成，如何？」

看少女那副糾結的模樣，瑛昭又忍不住為她說了幾句話，也因此惹來季望初的白眼。

這次瑛昭選擇讀心。

（怎麼會有這種向著外人的主管，莫非看人家是小女生，同情心就氾濫了？）

讀到這樣的心音，他無話可說。不可否認的，他對被召喚來這裡的靈魂有不同的好惡，這種看似天真無辜的少女，自然比貪婪狡猾的男人更讓他有好感。

「如果你堅持的話，我可以勉為其難試試看。」

季望初沒好氣地回答後，心音再度傳來。

（不保證完成也只是不在契約上標註而已，我都說了不喜歡做沒把握的事，又不是在乎任務有沒有成功，他到底有沒有注意到這個細節啊？）

聽到季望初心裡的抱怨，瑛昭頓時有點緊張，因為他的確忽略了季望初話語中的重點。

糟糕，變成我強人所難了……季先生為什麼不直接說出口？說出口我就能意識到自己的錯誤，並針對錯誤道歉，沒說出口我什麼也不能做啊！現在忽然改口的話，季先生多半又會覺得我善變，說不定還更不高興……

瑛昭內心的煩惱，少女和季望初是不會知道的。少女聽到季望初願意嘗試，已經開心地開始催促簽約，照她這副好騙的模樣，要是遇到比較沒良心的人，大概很容易被賣掉還幫對方數錢。

季望初很快就準備好魔法契約，將之送到少女面前。少女簡單看過，認為沒什麼問題，當即簽下了自己的名字──王熙圓。

他們最後簽訂的契約上，只約定了給甜姐買幾張月卡，以及宗門大比第一。按照王熙圓的意願，她其實比較關心甜姐跟阿祖的感情，然而對季望初來說，感情線難以控制的因素實在太多，因此協調之後，才將這一條排除在外，只說會盡力嘗試。

「契約成立，瑛昭大人，這次要先瀏覽當事者的一生嗎？」

上一個任務，季望初因為獨自執行任務一段時間，習慣了直接開始，便沒詢問瑛昭是否需要觀看靈魂的人生。這次他看瑛昭沒主動提出，便隨口問了一句，在他看來，瑛昭多半是忘了這個流程。

「啊，好啊，都忘了有這一個環節，那我們先看看吧！」

確認瑛昭的意願後，季望初隨即利用系統功能，讀取少女的記憶，將之展現出來。

第四章

王熙圓出生在一個十分有錢的家庭，說是含著金湯匙出生也不為過。八歲以前，雖然父母忙著公司的事情，沒什麼時間陪伴她，但還是會定期關心她的狀況，在教育上還算用心。

八歲是一個分水嶺，那年，她的身體忽然變差，經過各大醫院的精密儀器診斷，終於判定她得的是一種極為罕見的怪病，世界上還沒出現有效的治療方法。醫院所能做的，只有用藥物延緩症狀，她注定無法健康長大，醫生甚至也難以斷言她還能再活多少年。

這些事情，一個八歲的孩子是不明白的。王熙圓只知道自己常常身體不舒服，常常昏迷，常常需要打針吊點滴，老是在醫院一住就是一個月，回去上學之後，跟不上進度，同學們也跟她越來越不熟。

她不知道什麼是不治之症，也不知道什麼是死亡，但她發現父母出現在她面前的時間越來越少，他們似乎做出了某個決定。媽媽要她安心休養，想做什麼都可以，然後背著她偷偷擦眼淚。

她勉強讀完了小學，上到國中之後，頻繁住院的狀況使她上課覺得太過吃力，與新同學之間的相處也不好，索性便休學養病，在家自學。

所謂的在家自學，後來就變成在家休息玩樂。畢竟生病已經太苦，辛勤學習的知識，也等不到未來使用的那一天。

父母給她生了一個弟弟，那之後，他們的精力就投入到弟弟的養育上，極少過問她的事情。她知道，這是因為父母有了新的繼承人，自己已經是被放棄的孩子。父母不來探望，說是工作忙，但她偷聽管家的電話，聽到媽媽說：見了面會傷心。

王熙圓有點難過，儘管她對人際關係與親情的需求不高，但她還是會受傷的。父母在物質需求上不曾對她吝嗇，她也只能藉由猛力花錢來填補心裡的洞，每當信用卡帳單結算，金額不斷升高，父母卻依然買單時，她空虛的內心便能稍感安慰，就好像能藉由消費來證明自己沒被遺棄一樣。

打從她開始玩手機遊戲，無意義的課金就開始了。下載新遊戲，二話不說就先刷個最大筆的單，美其名好好體驗遊戲，實際上根本玩沒幾天就刪了，在她的手機裡，能連續玩超過七天的遊戲都稱得上長壽，而不論是高成本製作的遊戲還是畫面爛到不忍直視的小遊戲，只要下載了，她就會課金。

這種花錢在虛擬世界的行為，她一開始也曾心虛不安，然而父母沒有責怪，沒有追究，也沒勸阻，於是她就這麼花了下去，每個月的帳單從幾萬到十幾萬，慢慢又變成幾十萬。父母似乎覺得，只要她開心，想花錢在哪都沒關係，可是她也不清楚自己這麼做是否開心。

生活是從玩了那個修仙遊戲開始改變的。起初她只是看了遊戲的廣告，好奇下載，本以為新鮮感很快就會消散，但由於遊戲玩法偏向放置，每天只要上去點一點獎勵、收一收資源就能繼續玩下去，所以過了一個禮拜，她也沒把遊戲刪掉。

王熙圓玩遊戲的玩法很簡單，什麼資源不夠，她就刷卡買遊戲裡的禮包，尤其是那種只差一點就能升級，只收一個就能收集整組的東西。每天上線點點的時候，她都順帶點了不少禮包，即便是亂玩，過沒多久，她的戰力還是自然而然地進入伺服器前十，卻依舊待在一個活人極少，不活躍的宗門——於是，挖角的訊息就來了。

當她收到玩家訊息詢問願不願意過去一起玩時，因為沒打算認真玩遊戲，她隨便回一句沒有換宗門的習慣，便打算擱置這件事。

沒想到對方說沒關係之後，還熱心地指點了她遊戲中需要注意的事情，以及每天可以取得的一些福利，並表示可以加個好友，遊戲裡有任何問題都可以問他……已經許久沒被人如此用心對待的她，一時之間受寵若驚，便跟對方交換了線下的聯絡方式。

對她來說，這是第一次在遊戲裡交到朋友，也是第一次有對她這麼好的朋友。畢竟小學時交的朋友，交情都不深，而且遊戲裡交的朋友幾乎都是成年人，相處上對她十分包容，也都很好溝通。

這位跑來挖角的玩家就是甜姐。對方親切的態度，讓王熙圓鼓起勇氣問了幾次問題，在發現甜姐真的不介意自己的打擾，也肯不厭其煩地回答這些新手問題後，她漸漸放下心防，久而久之，覺得自己受到許多幫助，拒絕挖角實在很說不過去，就乾脆地退出原本死氣沉沉的宗門，過去跟他們一起玩了。

加入新宗門後，她也加入宗門的聊天群組。這對她來說同樣是很新鮮的體驗，一夥人熱熱鬧鬧聊天聊遊戲的氣氛，讓她感覺很放鬆，臉上也多了不少笑容。

她掛在遊戲上的時間不多，關注聊天群組的時間倒是很多。儘管她不一定會參與聊天，但群組的訊息她大多會看，也對其中幾個人留下了印象。

其中印象最深刻的，就是遊戲名稱阿祖的那個玩家。

王熙圓注意到阿祖，最初是因為一張遊戲截圖。

阿祖在群組內發了一張戰鬥勝利的截圖，圖片顯示他打贏了一個排行榜前十的玩家，那個玩家因為戰力高，王熙圓從來沒打過，一看阿祖的戰力，還比自己低兩百萬，這個發現讓王熙圓大為驚奇。

在這之前，她沒想過戰力比較低的玩家有機會打贏戰力高的玩家，於是她帶著實驗精神去挑戰了同一個玩家，結果慘敗，這使她不服輸地買了一堆禮包，直到戰力高過對方才停止——然而，戰力既然已經超越對方，那就失去了實驗的意義，她只好繼續挑戰更高戰力的玩家，可惜戰鬥結果依舊令人沮喪。

就這樣過了一個月，期間她買的禮包越來越多，戰力也吹氣般地膨脹。就在她成為本伺服器戰力第一的玩家時，剛好病情惡化，歷經三天的搶救，昏迷的她才被醫院從鬼門關拉回來。

昏迷了三天，等於三天沒上遊戲，當她打開手機時，看到的是甜姐留下的關心訊息，群組內也擔憂地討論她為什麼好幾天沒上，是不是退坑了或者出了什麼事……將累積的群組訊息看完後，她先回甜姐訊息，謊稱自己有時候玩過頭被家長沒收手機會無法上線，接著便去群組打了招呼，用一樣的理由來解釋自己的消失。

看到她出現，大家明顯都鬆了一口氣，聊了幾句之後，知道她還是個國中生，每個人都相當吃驚。

『妳家還缺不缺寵物？我可以報名嗎？我會學貓叫，每個月一張月卡養我就好。』

『缺不缺乾哥哥？什麼都做，求包養。』

她看得出來這些話都是在開玩笑，但還是被逗樂了。在她看來，這些遊戲裡的夥伴都是善良可愛的人，他們釋出的善意，她能感受到，也十分感動。

接著，甜姐私訊敲她，先是關心她玩遊戲有沒有耽誤學業，然後提出自己可以幫忙代管帳號。

『我看妳有些活動都沒參加，要是像這次這樣被沒收手機，每日沒上去領也很虧，如果妳相信我的話，要不要把帳號密碼給我？我可以幫妳處理這些。我只是提一下，不勉強的喔，妳可以考慮看看。』

把帳號給別人開，這種事王熙圓沒做過，但她毫不猶豫就給了。

對她而言，遊戲帳號不是銀行帳號也不是信用卡號碼，即便投資了上百萬，也沒什麼好遲疑的。甜姐的提議她很需要，要是帳號給了以後被騙走，頂多換個遊戲或者再養一個，而且她確實很信任甜姐，覺得甜姐熱心又親切，不會有別的目的。

甜姐開了她的帳號後，過了一小時再度敲她，跟她說了許多帳號中資源投資錯誤的地方，王熙圓聽得頭昏腦脹，正想喊停時，又看到甜姐說了一句話。

『其實阿祖也很關心妳，不過他跟妳不熟，不好意思直接敲，他做了一份調整帳號的懶人包，只要照著做就可以變強很多，要是妳不介意的話，我傳給妳看看？』

這段話讓她再次受寵若驚，特別是在收到那份用心編輯過的懶人包之後。

居然有人願意無償花時間在我身上，而且不求回報。

這個認知十分衝擊她的世界觀。不過，感動歸感動，懶人包中比較複雜的部分，她還是交給甜姐執行，自己主要負責花錢。按照阿祖的花錢攻略，只要買幾樣比較划算的商品，就能穩定提升打架能力，如此一來，說不定她也可以打敗戰力比自己高的玩家。

雖然目前來說，戰力比她高的玩家必須去其他伺服器找就是了，但跨服對戰時仍有機會遇到。

有了這兩位友善玩家的幫助，王熙圓輕鬆了許多，也越來越了解遊戲。

某天她意外得知甜姐其實是男人，這讓想像自己被大姐姐照顧的她受到不小的衝擊，然後，她一秒就想到一個問題。

祖哥哥知道這件事嗎？

小孩子心裡很難藏事情，既然有疑惑，就想問清楚，於是當天睡不著的她，直接敲甜姐問了這件事，甜姐也很乾脆地做出回答。

『他不知道，妳別告訴他，這樣萬一哪天見面，才有驚喜啊。』

這句話後面還附帶了無害的微笑表情符號。

到底是驚喜還是驚恐，王熙圓不太確定。

『如果你要去當兵了，會告訴他嗎？』

她會這麼問，是因為網路上流傳的案例。

『哈哈哈，妳也知道這個梗啊？我早就當過兵了，沒這個煩惱，放心。』

那個時候，甜姐是這樣回答她的，而她一直將這件事放在心上，但也沒機會繼續追問。

後來甜姐的真實性別全宗門都知道時，她也想問問阿祖現在是什麼心情，但因為跟阿祖不熟，終究還是不好意思開口。

她的生活就這麼在這個修仙手遊與遊戲群組聊天中度過，直到病入膏肓，沒能再張開眼睛的那天。

沒有什麼驚心動魄，也沒有什麼痛苦糾結，少女的人生幾乎都在醫院中，由手機陪伴著度過。

就像是個活在虛擬世界的人。

*

少女的記憶播放完畢後，瑛昭心中有許多感觸，但一時之間不知該如何組織語言。

在他想好之前，季望初先開了口。

「看完妳的記憶，我有個疑問。我怎麼看不出來甜姐跟阿祖之間有什麼曖昧？」

季望初這個問題，讓瑛昭愣了愣。

啊，不愧是季先生，完全不帶情感地觀看呢，就只關注任務相關的細節。

『他們是彼此的道侶啊。』

道侶是遊戲內伴侶的稱呼，對少女來說，這就是遊戲裡結婚的意思。

「遊戲裡的名分哪能當真啊，很多都只是為了利益或者方便而結合的吧？」

季望初冷淡地否定了這兩人有曖昧的可能性，但少女還不死心。

『唔，他們平常也有不少互動啊，甜姐很喜歡欺負祖哥哥，感覺就是喜歡的表現，祖哥哥也逆來順受不太反抗，除了那次把他的人物改成女角有退群抗議一下，其他幾乎都默默承受了，這種包容不也很有愛嗎？』

情感方面的事情瑛昭不太懂，因此他沒發表意見，季望初則再次否定她的想法。

「一個是副宗主，一個是宗主，互動多很正常，管理宗門的事情他們得討論，宗門戰他們也得制定戰術，這不能算是曖昧的證明。妳說的那些欺負鬥嘴，比較接近朋友之間的玩笑，不見得有愛情。」

『可是他們有彼此的帳號，會幫對方開，也都很清楚對方現在在做什麼，是不是睡著了忘記上來耶！』

少女就如同不能接受別人拆散自己心中的官配一樣，依然想舉例證明自己沒錯。

「甜姐也有妳的帳號啊，敲妳沒回也可以猜妳睡著了，難道妳跟甜姐也有曖昧嗎？」

季望初這麼一問，少女馬上非常堅定地搖頭。

『**甜姐在我心裡就像我姐姐，我是不會介入他跟祖哥哥之間的！**』

為什麼不是像妳哥哥，甜姐是男的不是嗎？

瑛昭忍住了吐槽的衝動，等著看季望初是否要繼續跟對方爭論下去。

「……總之，我會幫妳確認看看他們是否對彼此有意，如果沒戲的話，我就不管了。」

『**好吧……**』

少女委屈地答應後，季望初轉頭看向瑛昭。

「那麼，我現在就開始進行任務。如果拖延到下班時間，你可以自己先回家。」

「咦？我當然是等你一起回去啊，就算要加班也是一起加班。」

旁聽這段對話的少女，此時露出了恍然大悟的表情。

『**原來兩位大人是那種關係？**』

「什麼關係？」

瑛昭不解地詢問後，少女認真地做出了回答。

『**伴侶關係啊！**』

這個突如其來的「關係」讓瑛昭嘴巴微張，不知該做何反應，季望初則黑著臉兇了回去。

「不要胡說八道，頂多算是同居關係！」

『同居關係不是情侶的其中一個階段嗎？』

「妳的觀念太狹隘了，下輩子有機會的話，麻煩好好拓展妳的視野。」

說完這句話，季望初像是懶得繼續解釋，當即啟動任務傳送。

見季望初使用神力將自己傳送至虛擬世界，瑛昭也再次叫出投影螢幕，準備觀看。

不過，少女的誤解確實讓他有點在意。

「王熙圓，妳怎麼會認為我跟季先生是一對？就只因為同居嗎？我們之間的互動應該就是普通的上司跟部下，沒什麼誤會空間不是嗎？」

瑛昭之所以想問這個問題，是因為他擔心自己的言行舉止會不會不夠端正，造成季望初的困擾，但對方又不告訴他。

『就是因為同居啊！上司跟部下住在一起很不尋常，而且聽起來住的不是員工宿舍耶！我爸爸都不會跟他的員工一起住！』

相較於一般的上司跟部下，瑛昭認為自己的狀況比較特殊一點，但他也不想跟小女孩解釋太多。

「妳爸爸結婚了，自然是跟家人一起住，季先生自己獨居，才有空間收留我，反正事情不是妳想的那樣。」

『喔……』

少女主要關心的，還是甜姐跟阿祖，因此瑛昭這麼說之後，她就沒再堅持自己的意見了。

這個時候，投影螢幕中，醫院的畫面也清晰地呈現了出來。

第五章

執行員進入虛擬世界時，通常會進入任務靈魂最悔恨的時間點。王熙圓生平沒什麼特別悔恨的事，唯一被她提及的，就是比賽放鴿子，所以季望初覺得自己會回到比賽前，尚未進入昏睡的時候。

然而，根據少女的記憶，她放鴿子的原因是發病之後，藥物治療導致昏睡。少女的病情是不可控制的，季望初懂得再多，也沒辦法憑自己的知識讓少女的狀況好轉，藥物的副作用也不是意志力能抗拒的。

如果拒絕治療，先不提醫院是否會強制執行，以王熙圓的身體狀況，說不定拒絕治療就等於直接死亡，因此，他覺得情況有點棘手。

不過，事情與他想像的不同，他沒有回到那個時間點，而是回到更早的時候。季望初剛取得身體的控制權，便先拿出手機，看了看日期。

距離宗門大比，還有一個禮拜。

為什麼會回到這個時間點？這時發生了什麼特別悔恨的事嗎？

他試圖從腦袋中翻找剛剛觀看記憶時快速略過的部分，畢竟以他的記性，只要看過，即便沒特地去記，也會有印象。

另一邊，在辦公室觀看直播的瑛昭，也疑惑地看向王熙圓。

「這是妳最悔恨的時間點？這時候發生了什麼事？」

『啊……我也不知道耶。』

王熙圓的回答讓瑛昭瞪大了眼睛。

「妳最悔恨的事情，妳自己不知道？」

『因為、因為我不曉得自己最悔恨的事情是什麼啊！雖然有些後悔的事，但感覺後悔的程度都差不多嘛！醫院的生活每天都很像，我也沒特別記時間日期，當然回憶不起來這個時間點發生了什麼呀！』

少女非常努力地解釋自己的狀況，從她緊張的表情看來，她恐怕是擔心瑛昭誤以為她不肯配合。

這一點，瑛昭用讀心確認了。王熙圓此時心中正慌亂地祈求瑛昭不要因為這件事而廢止合約。

「妳說的，也是有點道理。我們就繼續看吧。」

在他這麼表示之後，少女內心鬆了一口氣，緊接著她又叫了一聲。

『**啊！我知道這是哪個時間點了！**』

她會突然說出這句話，顯然是因為螢幕上，手機畫面裡出現的來電名字。

打電話來的人，是王熙圓的母親。

*

看見來電人名稱時，季望初也順利從腦袋裡挖出了相關的記憶。

印象中，王熙圓的母親這次打來並沒有說什麼特別的事情，就只是問候幾句。雖然母親很少打來，但每次打來問的事情都差不多，母女之間沒什麼話題，因此幾乎不閒聊。

季望初一面接起電話，一面思索這通電話是否與悔恨的事情相關。

「喂？媽媽。嗯，中午吃過了，吃了雞肉飯跟四神湯。」

此時螢幕外的王熙圓震驚於他怎麼知道自己中午吃了什麼，瑛昭則用一句「季先生記性驚人」帶過。

電話那頭的母親，溫柔地叮嚀她保重身體，並問她有沒有什麼想要的東西，季望初想了想，提出了一個要求。

「可以幫我提高信用卡額度嗎？一個月五十萬，我現在覺得不夠花了。」

＊

見季望初說出這種話，瑛昭臉上一僵，不知該做何評論。

季先生，一開口就是討錢，這樣好嗎？而且，一個月五十萬還不夠用？他討的這些錢，該不會是要花在遊戲裡的吧……

對賣飯糰才賺了那麼一點錢的瑛昭來說，五十萬無疑已經是一筆鉅款，如果要花超過五十萬在一款修仙遊戲上，即使是為了完成任務，感覺還是很敗家。

「妳剛剛說，妳知道這是哪個時間點，但妳還沒說明這時候發生了什麼特別的事。」

剛才少女叫了一聲後，瑛昭本來想等她自己說下去，沒想到她就這麼專心看起了季望初跟自己母親的交談，所以他只好主動追問。

『唔，就是……就是我媽媽最後一次打給我的時間點。』

王熙圓小聲地回答後，又補充了一句。

『我媽媽沒事喔！我的意思是，媽媽都好幾個月才打來一次，我還沒等到她下一次打來，就突然發病死了……』

她一面說，一面低下頭，顯得情緒很低落。

嗯？感覺好像很在意的樣子，那怎麼願望都不許跟家人相關的內容呢？

「妳跟妳家人感情好嗎？」

瑛昭雖然跟著季望初一起看了王熙圓的記憶，但他沒辦法判斷這件事。

王熙圓跟她的家人不曾吵架，感覺相處和睦，她討要零用錢或者禮物，家人也都會盡量滿足她，這樣……到底能不能算是感情好呢？

『我不知道。』

少女的眼睛裡帶著茫然，連聲音都顯得無措。

『我很想說感情好，可是……我其實不太確定。』

「那妳喜歡他們嗎？」

瑛昭接續著問了他自認比較容易回答的問題，但王熙圓的表情依舊困擾。

『我喜歡媽媽，爸爸……實在太久沒講話了，印象比較薄弱，至於弟弟，只在照片裡看過，稱不上喜歡或者不喜歡。』

看來這個問題對十幾歲的小女生來說，還是有點難。瑛昭決定略過這個話題，先繼續看季望初那邊的狀況。

在季望初提出想提高信用卡額度後，電話那頭的母親似乎愣了一下，才接著問她需要提高多少。

「提高到兩百萬可以嗎？我急著要用。」

按照季望初對少女記憶的分析，少女的母親基本上有求必應，兩百萬對他們家來說，也只是一筆小錢。

不過平常都待在醫院，沒什麼娛樂的女兒忽然討錢，母親當然會關心用途，季望初則回答得相當平靜。

「您知道我有玩手機遊戲嗎？我想認真玩拿第一，所以需要不少錢。現實世界裡我什麼都辦不到，但是在虛擬世界中，花錢可以辦到好多事情，這會讓我覺得很快樂。」

聽他這麼說，母親陷入沉默，過了好一陣子才出聲，答應了他的要求。

王熙圓的帳號在遊戲裡早就是第一了，因此他這番話，讓看著螢幕的瑛昭疑惑地自言自語了起來。

「季先生討這麼多錢做什麼啊，不是早就第一了嗎？」

『也許是要衝全伺服器的第一？如果是這樣的話，兩百萬可能不夠耶，我偷偷用我的課金程度推算過，目前的全服第一應該花超過五百萬了吧，我那個帳號花了一百萬左右，還差很多呢。』

這些金錢數目，瑛昭聽了就頭暈。

有錢人花錢的最小單位是一百萬嗎？怎麼說來說去好像都是以百萬來計算的金額？

「對了，妳的遊戲名稱是怎麼取的啊？那個名字看起來很特別，數字有特別的含義嗎？」

『沒有耶，是這樣的，我玩遊戲通常都認定自己不會玩很久，也就懶得認真取名，一開始系統會隨機發一個名字給你，我都沒修改就直接用了，修仙者 88975 這個名字也是這樣來的，應該是系統給的編號吧。』

她口中的名字由來讓瑛昭有點傻眼。

一個名字都懶得認真取的遊戲，妳花了上百萬？

瑛昭認真思索了一下，自己在神界有沒有這種亂花錢的朋友，而他還真的想到幾個傢伙，因而沒辦法質疑人界的有錢人腦袋奇怪。

好吧……神界也是有人心情不好就把別人家裡珍貴的藥草全拔來燒了，再照價賠償的，可能錢在某些人眼中根本不是什麼重要的東西，如果我哪天能達到這種境界，是否就代表我的心境更上一層樓了呢？

「妳後來不是認真玩了嗎，卻還是不改名？」

『改名要花錢耶，好浪費。』

「……很貴嗎？」

『我沒仔細看過，應該是幾十元或者幾百元吧。』

肯花一百多萬玩遊戲，卻嫌幾十元改名字很貴？

瑛昭完全無法理解少女的想法，這時，少女又補充了幾句。

『畢竟我從來沒有融入進去，把遊戲角色當成自己，我只是在扮演一個虛擬出來的形象而已。都要脫離現實了，用那種像是機器人的編碼名字也不錯，感覺很酷

啊。』

很酷嗎？我果然不懂小女孩在想什麼，這名字跟執行員也太像，難道不會被當成遊戲公司的員工？

這句話他只在心裡想想，沒有問出來。

一神一鬼重新將注意力放回了投影螢幕上。

成功討到高額信用卡額度後，季望初很快就結束了與母親的對話。掛掉電話的他，坐在病床上開始沉思，由於他維持沉思狀態的時間久了點，瑛昭忍不住傳訊息過去，詢問他怎麼回事。

『我在統計這具身體剩下的日子裡，有哪些時間是清醒的，這決定了我能做多少事。』

……好厲害，這是一般人辦不到的事情吧？就連我也得用神力回溯記憶，才能統計這種事情呢，季先生的腦袋到底是怎麼長的？

『季先生，你討那麼多信用卡額度，都是拿來花在遊戲上的嗎？』

既然都傳了訊息，瑛昭就順便問一下剛才的疑問。

『對。』

聽他這麼說，瑛昭便好心地告訴他少女提供的訊息。

『如果是為了衝全服第一，王熙圓說兩百萬不夠喔，至少也要五百萬。』

『我又不是要衝全服第一。衝那個做什麼？她又沒有許這樣的願望。』

咦？所以是我們誤會了？那季先生討錢的目的到底是什麼？

若是繼續追問下去，似乎就問太多了，瑛昭只好將疑惑放進心裡，靜待季望初的下一步。

季望初統計時間大概只花了五分鐘，接著他重新拿起手機，找到好友名單中的「阿祖」，發訊息過去。

離：祖哥哥，有空嗎？我想問你一些事情。

少女在通訊軟體上的暱稱是「離」，沒有使用本名。訊息發出後沒多久，阿祖便發了一個問號過來，於是季望初接著輸入自己要說的話。

離：我們冠亞賽的對手，你那邊有資料嗎？戰力相差多少？我們有沒有機率贏？

他傳送的訊息顯然讓對方嚇到了，阿祖先是傳了一個嚇呆的表情，才以錯愕的口吻發問。

阿祖：離姐，妳什麼時候會關心這種事情了？妳是不是被甜姐盜帳號？

以王熙圓平時的形象，確實不會問這種問題。她連自己的帳號都懶得好好顧，比賽勝率、對手資訊，就更加不在她的關心範圍內了。

其實搜集資料與分析對手，季望初都能自己做，只是他沒有時間。

要不是少女身體不好，受限於健康因素，他全都可以自己來。為了在有限的時間裡做完所有的事，只能找別人分工合作。

而且，依照阿祖的性格，他很可能已經做完情蒐，直接當伸手黨找他討資料，應該是最簡單的做法。

至於阿祖為什麼會喊他離姐，主要是因為王熙圓花的錢多，帳號戰力高，加上一開始不知道王熙圓是個未成年少女，大家喊離姐喊習慣了，後來就沒改。

離：我沒被盜帳號，祖哥哥，有資料嗎？

阿祖：妳是甜姐吧！別騙我了！要資料直接開自己的帳號跟我討就可以了啊，為什麼要開離姐的帳號？

……

季望初一陣無言，不知該說王熙圓太不管事，還是甜姐太愛整阿祖。

唯一值得慶幸的是，這次的任務有個非常大的優點——過程幾乎都透過手機執行。這意味著他不必進行臉部表情控管，完全不必考慮委託人原本的形象，想露出什麼表情，就露出什麼表情。

此刻他就一臉不耐，一副不悅的模樣。

見他露出這種神情，王熙圓忍不住自言自語了一句。

『哇，原來我的臉露出不耐煩的表情看起來是這個樣子啊。』

少女這句話，讓瑛昭為之側目。

「妳從來沒有不耐煩過嗎？還是……妳不耐煩的時候沒機會照鏡子？」

『唔，小時候也許有過吧，慢慢長大懂事以後，我就知道自己不應該不耐煩了。重複的抽血、檢查，都是為了幫我治病，別人沒對我不耐煩就不錯了，我又有什麼資格不耐煩呢。』

她這番話，讓瑛昭產生了幾分心疼的感覺。

唉，小小年紀就得重病，這種情況在神界可是幾乎不會發生的，就算真的發生了，也有很多靈丹妙藥可以治療，只要有錢有勢，無論是什麼先天問題，大概都能治癒……

「我聽妳說這些，似乎都雲淡風輕，沒什麼強烈的執念，但妳卻是個不願意轉世的靈魂，遊戲裡的事情對妳來說真的有這麼重要嗎？沒送出月卡，沒拿到第一，沒確認過別人的戀情，這種事情……有嚴重到讓妳不肯去投胎？」

少女被他問得愣了愣，似乎無法馬上回答這個問題。

瑛昭試著讀心，但少女此時心裡亂成一團，似乎自己對自己也充滿疑惑，讀不出什麼比較具體的東西。

『……雖然、雖然只是手機遊戲，只是沒見過面的網友，但是對我來說，那就是我最常接觸的人，那是我最常活動，也最自由的地方，所以我覺得他們應該真的很重要，投胎了就會忘記他們，說不定我是因為這個理由才不投胎的！』

王熙圓一面說，一面像是找到了能說服自己的理由般，語氣慢慢堅定。

她的心音也不斷重複著最後一句話，就像是在自我催眠。

……我總覺得有點奇怪，事情真的如她所說嗎？還是說，小孩子比較難確認自己的想法，所以才會不知道自己的遺憾是什麼，硬是找出來之後，還要說服自己？

算了，反正任務只要成功，就能安排她去轉世，這也是一件好事吧。

下了這樣的結論後，瑛昭便沒再追問下去。

另一邊，季望初一面思考要怎麼讓對方相信自己不是甜姐，一面跟剛吃飯回來的看護打招呼，然後他很快有了解決辦法。
離：不然我現在上遊戲買一張月卡給你，你就能確定我是本尊了吧？
原本他以為這麼做就能解決，沒想到阿祖依舊不買帳。
阿祖：妳就算要裝成離姐，也不必下血本吧？
看到這句話，季望初又一次無言。
一張月卡而已，也就一百七的事，這也算血本？這麼難相信人，平時到底被甜姐整得多狠？
儘管買月卡不能解決問題，但季望初認為，這只是錢不夠多的關係。
於是他二話不說登入遊戲，打算直接刷十張季卡贈送給阿祖，而他才刷到一半，阿祖就主動傳訊息過來了。
阿祖：離姐，快住手，我錯了，我不該質疑妳的，別再刷了！
見狀，季望初收手，回到通訊軟體的頁面繼續跟阿祖交談。
離：怎麼，祖哥哥，月卡不肯信，季卡就信了？
阿祖：妳都刷幾千啦！會這樣亂花錢的鐵定是離姐啊！
阿祖會慌忙阻止的原因，季望初也心知肚明。對阿祖來說，自己有在賺錢，也不是沒錢玩遊戲，平白無故收人餽贈，恐怕是壓力大又不好意思。

他不是那種貪小便宜的玩家，從王熙圓的記憶裡，季望初可以大致判斷出他的性格，因此他很快就補了一句話。

離：祖哥哥，請不要回刷季卡送我。

阿祖：？

這遊戲可以刷裡面的任何現金禮包或物品送人，而且對方無法拒收。為了避免阿祖心裡過意不去回贈，他只能在對方還沒開始刷之前先勸阻。

不過他勸阻的方式也很粗暴。

離：你刷什麼送我，我就回刷十倍給你，所以你不要送了。

阿祖：……

阿祖：請不要這樣。

收到這樣的威脅後，阿祖果然安分地沒上遊戲刷卡。其實這只是個模擬出來的幻境，他大可不必幫阿祖設想，不過他習慣將幻境裡的人都當成真人，這才出言阻止對方。

阿祖：離姐，就算是要展現財力證明自己的身分，妳也不必殘暴到季卡連刷吧……

離：如果你沒出聲，我本來打算刷十張的。

阿祖：妳是要我玩幾年啊！這遊戲能活那麼久嗎？

離：我玩的其他遊戲裡，有人買了七十七年的月卡，他都沒怕遊戲會倒，你怕什麼？

阿祖：……

阿祖：好狠。離姐妳都認識了一些什麼樣的狠人啊……

正在觀看投影螢幕的王熙圓，看到這裡也驚呼出聲。

『他說的是真的嗎？為什麼會有人一口氣買七十七年的月卡啊？支持遊戲也不是這樣的吧，換成是我絕對不敢這樣買啊！就連一年的月卡我也買不下去！』

「為什麼不敢？妳也怕遊戲會倒？」

瑛昭好奇地問了一句。

『我不是怕遊戲會倒，我是怕我活不到那個時候啦！』

這個理由太過實際，瑛昭一時之間實在不知道該說什麼。

不確定自己還能不能活一年的人，遊戲裡應該不多吧……不過妳都肯花百萬玩遊戲了，月卡買了沒用到，妳會心疼？真讓人意外……

依照季望初的個性，他通常傾向不要廢話，直接進入正題，但考慮到王熙圓希望他打探阿祖跟甜姐的關係，他決定多跟阿祖聊幾句，看能不能混熟一點。

離：祖哥哥，你是不是私底下也常常被甜姐惡作劇，所以才這麼不相信人類？

阿祖：什麼叫做不相信人類，我只是對甜姐可能出沒的地方防備心比較重而已。

離：甜姐都怎麼整你？分享一下？

阿祖：……我不想說。

離：為什麼？難道怕我學了拿來整你？

阿祖：……求放過。

離：你不說的話，那我直接去問甜姐？

阿祖：離姐，妳今天怪怪的，可以變回平時的妳嗎？

想跟阿祖拉近關係，聊甜姐的惡作劇，顯然是聊不下去的。他看起來不會隨便找人訴苦抱怨，試探過後，季望初決定將話題拉回宗門大比上面。

離：祖哥哥，所以你到底有沒有對方的資料跟分析？我想看。

阿祖：等一等，妳要看的話，我整理成方便閱讀的文件給妳。

平時要給王熙圓各種資料的時候，阿祖都會先做成懶人包，以免王熙圓覺得太複雜而懶得看。季望初沒有這個問題，無論拿到多複雜的資料與數據，他都能自己統整，不過為了表現得跟王熙圓像一點，他沒多說什麼，乖乖地等待阿祖整理。

期間，他決定敲一下甜姐，問一問甜姐的惡作劇內容——他相信甜姐很樂意分享。

甜姐：問我對阿祖做了什麼？小離，妳怎麼突然對阿祖感興趣了？該不會看上祖哥哥了吧？

如果現在跟甜姐對話的是原本的王熙圓，多半會慌張地否認，但此時操作手機的人是季望初，他不慌不忙地輸入了兩個字。

離：對啊。

觀看中的王熙圓本人，傻在原地。

『**我……我怎麼就看上祖哥哥了？我沒有啊。**』

「季先生應該只是想套甜姐的話吧，別太緊張。」

『**喔喔……**』

聽瑛昭這麼說，少女才冷靜下來。

季望初的訊息發出後，甜姐很快就回覆了。

甜姐：小離，可是……妳祖哥哥比妳大了十五歲耶，年紀幾乎是妳的兩倍啊。

從甜姐的話看來，他應該是想勸退。

季望初則繼續試探。

離：沒關係啊，反正他不知道嘛。甜姐，你跟祖哥哥比較熟，他現在是不是單身啊？

甜姐：他是單身沒錯，不過他不會接受國中小妹妹當女朋友的，妳還是放棄吧！

甜姐花了十分鐘的時間，苦口婆心勸小妹妹不要誤入歧途，說到最後，季望初丟了一句話過去。

離：甜姐，你是不是喜歡祖哥哥？如果你要追他的話，那我就放棄吧，畢竟我也只是對祖哥哥感興趣而已，沒到特別喜歡的程度。

收到這樣的訊息後，甜姐立即給了答覆。

甜姐：那就讓我追吧！雖然我也沒有特別喜歡他，但是為了你們好，我會盡量把他追到手的。

他這犧牲小我完成大我的語氣，讓季望初唇邊多出了一絲笑意。

離：不過，祖哥哥會喜歡男生嗎？甜姐你有沒有確認過？
甜姐：他看起來就是個直男，喜歡男生這種事情他這輩子應該沒想過。
離：那你要怎麼追啊？
甜姐：妳別擔心這個，反正我負責追，妳就別追了。
從甜姐的語氣看來，季望初認為他付諸行動的機率只有百分之三十。
離：好吧，你們結婚的時候記得發喜帖給我喔。
季望初十分認真在扮演一個不善交際的十四歲少女。
甜姐：都還沒交往呢，怎麼就直接跳到結婚了？要是結了一定發給妳，我等著拿紅包。
離：好啊，一言為定。
此時，阿祖傳了檔案過來，季望初便先擱置甜姐的視窗，跑去阿祖那邊了。

*

『甜姐居然還沒跟祖哥哥在一起嗎？我還以為……』

看完一串對話，少女面露失望，因為事情跟她想像的不一樣。

「他不是說要去追了嗎？說不定妳可以期待一下？」

瑛昭口頭上安慰著，實際上則認為這一對希望不大。

應該就只是小妹妹幻想他們是一對，但他們只是感情比較好的朋友吧？

雖然瑛昭自己也不太懂感情方面的事，不過甜姐那敷衍的語氣，他多少還是看得出來。

比起追阿祖，甜姐真正想做的事情應該是阻止小女生亂談戀愛。

這麼說來，甜姐真是個好人呢，非親非故卻肯照顧王熙圓，也難怪王熙圓去世之後還放不下這些遊戲裡的朋友。

『嗯嗯！甜姐出馬一定行！只要他想追，我相信他一定能追到祖哥哥！』

在少女心中，甜姐的形象就是個很厲害的大哥哥，什麼都會，什麼都懂。

「為什麼他們就不能是單純的朋友呢？一般來說，兩個男人一起玩遊戲，應該就是朋友關係吧？」

瑛昭試圖扭轉少女的想法，以免到時候她太過失望。

『朋友不會這樣一直捉弄人吧！應該是喜歡才會想惡作劇啊！』

瑛昭無法理解她的邏輯。

為什麼喜歡會想惡作劇……？喜歡的話不是應該對他好一點嗎？

「就算是這樣，那也只有甜姐喜歡阿祖吧，要交往不是得互相喜歡？」

『祖、祖哥哥一定會喜歡甜姐的，甜姐是最能跟他討論遊戲內容的人啊！』

「好朋友也能討論遊戲內容啊？」

瑛昭反問後，少女忽然沉默了下來。

咦，不說話了？是被我說服了嗎？還是覺得不開心？

『那……跟喜歡的人聊天，通常是聊什麼？』

少女再次開口時，問出了這樣的問題。被她充滿求知欲的眼神看著，瑛昭不禁頭痛起來。

我怎麼會知道？這種事情應該問有經驗的人吧？或者我去叫夕生來回答？他看起來比較懂這些……

「每個人都不一樣吧，我很難回答。比起研究這個，要不要專心看季先生執行任務？」

聽了瑛昭的提議後，少女皺起眉頭，顯得不太樂意。

『我也想專心看，可是他正在跟祖哥哥討論比賽的戰力分配，這些我聽不懂，太深奧了，看起來很無聊啊。』

……

瑛昭一臉無奈，實在不知道該說什麼才好。

儘管王熙圓十分崇拜懂得怎麼玩遊戲的玩家，但她卻不想學習對方，一點上進心也沒有。

『我忽然懂這麼多，祖哥哥會不會覺得我很奇怪啊？』

他不就懷疑妳是甜姐了嗎？

想歸想，瑛昭說出口的卻是別的話。

「放心吧，他多半只會覺得妳深藏不露，平時只是不想努力，真正認真起來就像變了個人，既可靠又聰明。」

聽了這番話，少女頓時露出了高興的表情。

『感覺很棒！祖哥哥會對我刮目相看嗎？會崇拜我嗎？』

我覺得最大的可能是他以後不做懶人包給妳，因為覺得妳不需要這個了。

這一次，瑛昭一樣沒說出心裡話。他微笑著肯定了少女的想法。

「有可能喔，在他心裡妳說不定會變成神一樣的玩家呢。」

『哇！雖然不是靠自己，但感覺還是很開心！』

*

阿祖花時間做出來的懶人包，簡單明瞭，成員戰力對比的表格也能一眼看出敵我雙方的差異，最後一頁，阿祖用自己的口吻下了結論，這場冠亞賽，除非短期之內有好幾個高戰力的玩家加入，或者宗門內的玩家課金多到可以中幅提升戰力，否則獲勝的可能性只有一半——但如果大家都能配合戰術挑選對手，有八成的機率可以贏下冠軍。

看完這份報告，季望初點了點頭，在腦中擬定了接下來要做的事。

離：祖哥哥，謝謝你的資料，我們是不是很難在宗門大比之前拉到高戰？

阿祖：應該拉不到。其實以我們的戰力，能打到冠亞賽已經很猛了，想當初大家都不看好我們，要不是戰術有效加上運氣好，之前早就被淘汰了。

他這番話，應該是想叫王熙圓得失心不要太重，但季望初必須讓宗門拿第一才能完成任務，所以他直接忽視了阿祖的話，自顧自地發出訊息。

離：可是我想拿第一，我會花錢解決戰力的問題。

阿祖：妳戰力已經很高了，這是團體戰，就算妳戰力是對方的兩倍，妳也只能挑戰三個對手啊。

雖然王熙圓看起來很有錢，但阿祖依然想阻止她多花沒意義的錢。

離：我不是這個意思。

阿祖：那是什麼意思？

阿祖：……不會是我想的那樣吧？

季望初回了一個笑臉的表情符號給他。

阿祖：離姐，妳不要衝動，戰略都擬定好了，只要大家肯配合，我們還是有很高的機率能贏的！

從阿祖的態度看來，他似乎已經猜出季望初想做什麼。儘管他這麼保證，季望初仍沒有改變心意。

因為看過王熙圓的記憶，他知道這場冠亞賽最後以些微的分數差距落敗，除了王熙圓昏迷無法上線，還有另一個意外事件，導致他們輸掉冠軍。

那件事情說起來也很讓人無言，宗門排行第五的高戰力玩家去當兵之前，將帳號委託給阿祖，本來這個帳號的對決分數可以穩拿，但大比的前一天，那位玩家聽說阿祖跟甜姐在遊戲裡結為道侶，一氣之下把帳號賣了。買帳號的人直接改了密碼退出宗門，他們少掉一個重要戰力，最後分數才會輸。

至於那個一氣之下是在氣什麼，甜姐說對方喜歡阿祖，阿祖說對方喜歡甜姐，說來說去也沒人知道真相，從此這件事就成為宗門的笑話，大家沒事就會拿出來奚落阿祖跟甜姐。

而季望初不在乎那名玩家賣帳號的真實原因，他只在乎比賽結果。

離：祖哥哥，別阻止我了。

離：我要的是百分之百，毫無懸念的勝利。

第六章

『這麼霸氣的話居然是我說出來的，感覺好不真實喔。』

對於季望初發的訊息，少女發表了這樣的感想。聞言，瑛昭看了她一眼。

「我以為妳會覺得自己很帥？」

『噢，因為我自己絕對不敢說出這種話嘛，就覺得……好厲害喔，居然能有說出這種話的自信，這要很有實力才能說耶。』

瑛昭其實也隱隱約約猜到了季望初準備做的是什麼事，因此，聽少女這麼說，他便隨口回了一句。

「這種實力，妳也有啊。」

『咦？我有嗎？在哪？』

見她依舊不明白，瑛昭只能無奈地說出答案。

「就是錢啊。目前看來，錢就是玩手機遊戲最強的實力，研究半年都比不上直接砸錢下去。」

『可是我一個人強沒有用啊，祖哥哥剛才不是說了嗎？』

「我想季先生討信用卡額度，應該是打算幫全宗門裡的人課金吧。」

聽他這麼說，少女瞪大眼睛，彷彿這句話為她開啟了新世界。

『啊！原來還可以這麼玩啊？可是……其實我連月卡都擔心甜姐會拒收，直接幫大家課金，大家會不會覺得怪怪的，心裡不舒服？』

這個問題，瑛昭不曉得該怎麼回答。

該怎麼說呢……如果是我自己，那鐵定是拒收的，但一般人類都怎麼看待這種事情，我並不清楚……既然季先生認為這條路可行，那就代表一般人類會欣然接受？這樣的話，應該就沒有問題了吧？

「我們繼續看下去就知道了。」

『好緊張啊，直接幫忙整個宗門的人課金，會不會被討厭？他們搞不好會覺得我炫富，覺得我有錢就瞧不起人……』

少女仍處在忐忑不安的狀態，瑛昭本想安撫幾句，然而他忽然想到一件事。

等一等，王熙圓的願望中沒說不能讓大家討厭她，那……季先生會不會為了完成任務，就不管那麼多，即使知道會被討厭，依然選擇這個做法？

瑛昭會產生這樣的懷疑，主要是因為他不確定人類對這類行為會有什麼反應。

不過季先生看起來對王熙圓不反感，或許會顧慮她的感受？我還是別想太多好了。

「別這麼緊張，季先生敢做，就代表他認定大家不會排斥。」

『好吧，但還有一個問題。』

少女滿面愁容地說了下去。

『要幫整個宗門的人課金變強，兩百萬太少了吧？兩千萬還差不多。』

聽少女這麼說，瑛昭差點控制不住臉部表情，費了好大的功夫才勉強保持微笑。

「兩千萬……沒有必要吧？用不著把每個人的帳號都課到妳的程度，也能贏比賽啊。」

『我覺得兩千萬會比較穩耶，不是要輾壓式的勝利嗎？』

少女的神情看起來非常認真。

「但是兩千萬，妳父母也不會給吧？」

在瑛昭看來，為了玩遊戲討兩千萬，實在是太誇張了。

『唔，我不知道耶。媽媽從來沒拒絕過我，但我也沒討過這麼多錢……嗯！媽媽很寵我，我想還是能討到的吧！』

孩子，妳真的知道兩千萬是多少錢嗎？妳知道兩千萬可以買多少飯糰嗎？妳知道兩千萬我們公司要賺多久才有嗎——

瑛昭在心裡吶喊著。他覺得喊出這些話很丟臉，因此他安靜了一陣子，沒有接話。

明明是個可憐的小女生，為什麼我覺得聽她說話心好累呢？

一定是因為我太窮了吧……

此時季望初已經開始跟阿祖說明自己準備執行的事。他打算在宗門挑選十個戰力高、配合度也比較高的玩家，課金送他們禮包，讓他們快速提升戰力，以應對接下來的冠亞賽。

見他只打算投資十人，而不是全宗門的人，瑛昭忍不住傳訊息過去問了一句。

『季先生，只幫十個人課金，其他人會不會覺得不公平啊？』

其實他想問的是「幫人課金對方到底會不會覺得不高興」，但他怕這個問題會讓季望初翻白眼，只好換一個問題。

『他們覺得不公平，是他們的問題。我的錢想怎麼花是我的事，誰都沒有權利質疑，是成年人的話多少該有點概念，即使嫉妒也不應該表現出來，影響整個團體。』

唔，季先生說的話好像挺有道理的，所以成年人類都能這麼理性是嗎？

瑛昭正思考著，阿祖就著急地開始勸退了。

阿祖：離姐，妳不要，那個，真的先不要。

離：不要什麼？我聽不懂。

季望初裝傻地回了一句。

阿祖：不要亂花錢啊！幫人課金太扯了啦！還一次十個！想拿第一也不是這樣花的啊！

相較於阿祖的著急，季望初顯得十分冷靜悠哉。

離：祖哥哥，我想跟你說一件事。

阿祖：？

離：宗門大比之後沒多久，我可能就要退坑了，我希望退坑前可以看到宗門拿第一。這是我最後的心願，讓我不留遺憾地退坑吧。

他拋出的消息，對阿祖來說似乎很有衝擊性。

阿祖：啊……

阿祖：別退，說好一起玩到道祖的，如果累了可以讓甜姐幫妳玩一陣子，妳休息之後再回來啊？

阿祖的心思已經從阻止王熙圓亂花錢，變成阻止王熙圓退坑了。

離：沒辦法，我有不得不退坑的原因，只是日期還沒確定。

季望初傳送出這句話後，阿祖依然不死心。

阿祖：那我們不要認真打了，拿不了第一妳就不會退坑了吧？

見他說出這種話，季望初不禁笑了笑，引來一旁看護的注意。

「小姐在跟朋友聊天嗎？今天妳笑得很開心，常常笑比較好。」

看護照顧王熙圓多年，跟她的關係不錯，偶爾也會跟她聊兩句。

「嗯，是啊，遊戲裡認識的朋友，挺可愛的。」

他這個評價，多半能讓阿祖打噴嚏。

「玩遊戲認識的朋友啊？是男生還是女生？」

「男生女生都有，好幾個。」

「現在網路真是方便，交到朋友也可以跟妳媽媽說一聲啊。」

對於這句話，季望初不置可否，於是看護又問了一句。

「不想跟媽媽說嗎？是怕媽媽反對妳交網友？」

倘若媽媽知道女兒即將為沒見過面的網友們花兩百萬，鐵定會反對女兒交網友。季望初這麼想著。

「阿姨，我只是很少跟媽媽聊生活上的事情，不知道怎麼開口，也不知道她想不想聽。」

「寶貝女兒的事情，她一定想聽啊！別擔心那麼多，下次跟她說就是了。」

看護的鼓勵，季望初聽了之後點點頭，沒再接話。

阿祖那邊則是再次傳來訊息。

阿祖：不要不說話啊！離姐！

阿祖：不然妳先說一下，妳打算在這十人的帳號上花多少錢？

既然阿祖問了，季望初便從善如流地給了他答案。

離：差不多一人投資二十萬吧。

阿祖：……

他接連傳來好幾個跪下、無言與躺平的貼圖。

見狀，季望初笑了笑，裝作不明白地提問。

離：有什麼問題嗎？是不是太少了，還不足以拿第一？

阿祖：是太多了！而且一口氣花，週禮包跟月禮包都只能買一次，剩下的錢只能拿去買一些比較不划算的東西，這真的是亂花錢啊！

他花錢的方式，阿祖似乎非常難以接受。

離：這也是沒辦法的事啊，祖哥哥。那麼我現在就去執行囉。

阿祖：妳回來啊啊啊啊！

要給十個玩家分別送出價值二十萬的禮包，可是要在遊戲上刷卡操作很久的。期間阿祖又敲了他好幾次，但是毫無用處。

畢竟對季望初來說，這可是為了完成任務。有錢的父母把小孩放在醫院都不來探望，給點錢花花，也是應該的。

他一面送禮包，群組內的驚呼聲也不斷響起，沒過多久，連甜姐也來敲他了，但他還是心無旁騖地繼續刷卡，打算一切等買完再說。

季望初的瘋狂刷卡活動大約持續了一個小時，不過要送甜姐的月卡，他還沒買。反正這個任務幾乎隨時都可以完成，在各種考量下，他決定等宗門大比第一完成再說。

刷得差不多之後，他關掉遊戲，接著便先打開甜姐的視窗。

甜姐發來的訊息，大致上是在詢問退坑的詳情，同時也阻止花錢。在發現阻止無效後，便開始自言自語地猜測他退坑的理由，從失戀猜到花錢被家長抓包，接著又猜他被父母罵了報復性消費，看了這一長串，季望初決定全部無視，只用一句話回應。

離：甜姐，你不是在收集帳號嗎？我退坑以後帳號就給你吧，你當成自己的使用就好。

甜姐：……我說了那麼多不是想聽這個耶。我收集帳號是一回事，比起多收集一個帳號，我更希望妳不要退坑啊！

離：可是我真的不能玩了，比賽當天我應該也不能上線，要麻煩你或祖哥哥幫我開上去打。

甜姐：所以到底是怎麼樣啊？家長禁止妳玩手遊？

季望初心裡打著將王熙圓沒做的事都做一做的主意，因此在甜姐這麼問之後，他很快就敲出一句話，傳送過去。

離：不是，我重病已久，身體應該沒辦法再撐多久了。

王熙圓從來沒跟遊戲裡的朋友說過這件事。她或許曾經想找人訴說，但她一個訴說的對象也沒有。

季望初知道，王熙圓不說，是因為說不出口。覺得說了這種事情會給人造成心理負擔、覺得說了會給人添麻煩，又或者——不想被同情。

不過，人都快死了，還在乎這麼多做什麼？

季望初一點也不在乎這些理由。他只想將更多不同的情況呈現給少女看，畢竟，這是少女最後一次看看自己人生的機會。

*

看到季望初說出自己的病情，少女立即尖叫出聲。

『**他怎麼說出來啦！我都沒有跟人說耶！**』

「為什麼不跟人說呢？」

瑛昭好奇地詢問後，少女支支吾吾地開始解釋。

『**其實、其實我也想過要不要說……可是我老是不好意思開口。就是……因為，**

不說的話，每次沒上線都得找理由，一直說謊的感覺很不好，但說了又怕人家不相信，而且我也擔心別人會不會因此而改變對待我的態度……嗯，我不知道該怎麼說……』

妳不知道該怎麼說，但妳已經說很多了啊。

瑛昭一面想，一面開口繼續說。

「大概是因為妳沒說不能告訴他們，季先生就按照自己的判斷行動了。」

『啊啊啊，他都已經說了，好像也不能怎麼樣了……』

少女先是沮喪，接著緊張地看向螢幕。當她看見甜姐給季望初發的訊息後，表情變了又變，似乎想了很多事情。

甜姐先是驚呼，接著詢問有沒有什麼能幫上忙的事情，然後試探性地問季望初，他在哪個醫院，有沒有開放探病。

『如果答應的話，就可以見到甜姐本人長什麼樣子了耶。』

從少女的神情看來，她似乎有點心動。

「季先生會拒絕吧，對他來說這是額外的麻煩。」

瑛昭猜得很準，季望初馬上就回訊息道謝，並表示不用來探望。

『啊……其實我有點想見一見甜姐啊。』

少女那失望的語氣，讓瑛昭不禁又問了一句。

「那妳當初怎麼不提出會面呢？」

『我以為還有時間嘛！我死得太突然了，好多以為可以先等等的事情都來不及做，其實仔細想想，遺憾真的挺多的。』

「不然……我請季先生幫妳討甜姐的照片？」

瑛昭嘗試性地提出建議後，少女立即點頭。

『好啊好啊！謝謝！您真是個好神！』

於是，瑛昭發了訊息給季望初，希望他可以要到甜姐的照片。

『……瑛昭大人，你能不能不要隨便給我增加額外的工作？』

聽到這種要求，季望初顯然相當無言。

『不好意思，不過……討個照片對你來說應該不難吧？』

『誰說不難的？這種事情看運氣，不是我能控制的。』

季望初的說法，瑛昭不太相信。

『季先生，你一定有辦法吧？只是想不想做而已。』

『辦法自然有，但這又不是任務目標，沒必要不擇手段。總之我會花十分鐘試試看，沒討到就算了。』

季望初願意花在這件事上的時間，只有十分鐘。不過，有總比沒有好，瑛昭靜待事情發展。

答應要嘗試後，季望初隨即給甜姐發了一條訊息。

離：甜姐，雖然不方便讓你來醫院探病，不過我很好奇你的長相，可以給我你的照片嗎？

看樣子他並不怎麼想用心完成少女的願望，討照片居然完全不拐彎抹角，直接就說出口。

甜姐：喔，好啊，當然可以。

甜姐說著，很快就傳了一張照片過來，打開一看是某知名男星的電影劇照。

瑛昭沒看過電影，也沒研究過人類世界的明星，當下並未看出問題。季望初就不同了，他馬上就發了鄙視的表情符號過去，並不滿地質疑。

離：太沒誠意了吧，說要給照片，結果拿明星的照片來交差，哄小孩啊？你這樣欺騙病重的少女，良心不會痛嗎？

甜姐：男性玩家被討照片的時候，傳送明星照片，不是很常發生的事嗎？小離妳真沒幽默感。

離：快把你本人的照片交出來。

季望初懶得理會他的說法，只顧著催促他給出真實照片。

甜姐：好吧，妳稍等一下。

過了大概兩分鐘後，甜姐又傳了一張照片過來，這次點開是嬰兒照，到底是不是他本人，季望初也無從判斷。

離：你到底肯不肯給照片？

甜姐：我給了，這真的是我啊，這些都是我的照片。

離：我要看的是你現在的模樣啦。

甜姐：那第一張就是了。

見狀，季望初果斷傳了訊息給瑛昭。

『**我嘗試過了，甜姐不想給，我放棄。**』

他都這麼說了，瑛昭自然也不會繼續勉強，當即無奈地看向王熙圓。

「季先生不想繼續嘗試了，甜姐看起來沒有意願給真正的照片。」

『有沒有可能甜姐真的就是那個明星呢？』

少女的眼睛閃閃發亮，似乎很想相信甜姐。

「按照季先生的表現，這個可能性應該不大。」

瑛昭一面回答，一面拿出手機，不動聲色地開始搜尋。

無論如何，他總得先搞懂明星是什麼，才方便回答問題。

『是這樣嗎？可是甜姐沒有必要騙我啊？』

「他應該很愛開玩笑吧，這說不定也是在逗小孩。」

『喔……』

從少女的神情看來，她依然抱有一絲期望。不過，她沒繼續糾結於這個話題，瑛昭便沒再說什麼。

此時瑛昭已經查了明星的定義，然後又好奇地問了一個問題。

「妳喜歡那個明星嗎？」

『沒感覺，不過如果他是甜姐，我就喜歡！我要把他演過的電影都看一遍，然後找他簽名！』

少女興奮地說完後，像是想起了什麼，情緒瞬間低落。

『……如果我還活著的話。』

儘管她自己未必會承認，但她看起來……真的很想活下去。

她的生命太過短暫，她還有很多事情沒做過，她想要更多的時間。

然而，這是第十九號部門幫不上忙的事。

此時季望初跟甜姐依然在閒聊，甜姐又問了一次有沒有什麼自己能幫忙的事，季望初便隨意回了一句。

離：我最後的心願除了看宗門拿到比賽第一，就是想看你跟祖哥哥在一起，只要你們在一起我就能安息了。

甜姐：……

甜姐過了大概一分鐘，才再次傳送訊息過來。

甜姐：壓力好大，感覺沒追到的話好對不起妳，我能跟阿祖串通嗎？都講出來了還串通什麼？

季望初忍下想吐槽的慾望，繼續打字回應。

離：可以啊，你拍張跟祖哥哥牽手的照片給我，我也就心滿意足了。

甜姐：我人在國外，能用合成的嗎？

連這種話都直接說出口，已經不能用沒誠意來形容了。按照季望初的看法，甜姐根本沒打算去追阿祖，才會用這些話委婉表達自己的態度。

人家沒那個意思，季望初當然也不會勉強對方，畢竟這件事和任務成功與否無關。

於是他果斷貼圖連發結束話題，將注意力轉到了遊戲群組裡面。

收到禮包的玩家們幾乎都歡欣鼓舞，其中有一部分的人看似良心不安，覺得收到太多，而大致上，大家都開心且心懷感激。

季望初藉機宣布了自己即將退坑的消息，至於自己的病情，他並沒有在群組說出來，因此收獲了一大波慰留、哭鬧與不捨。

『**大家好像還是挺捨不得我離開的嘛。**』

看了這些留言，少女顯得很高興。

『**先說要退坑，至少有告別，不像我當初自己默默死了，沒人知道也沒有認識的人陪伴，感覺孤單極了。**』

「沒有認識的人陪伴？」

瑛昭疑惑地開口後，回憶了一下少女最後的記憶。

那是急救的階段，只剩下破碎的感知。除了醫生和護理師的交談，似乎沒有其他人的聲音。

在這之前，是發病當下的記憶。她發病時是半夜，看護第一時間注意到後，連忙通知護理師，而她失去意識之前，看護詢問她要不要聯繫母親，由於時間很晚，發病也不是第一次，所以她搖了搖頭。

那之後她再也沒清醒過來。

『我爸媽好像沒特地過來看我，他們大概以為這次發病跟之前差不多吧，他們多半沒想到病情會惡化得那麼快，說不定他們剛好人在國外，又或者工作比較忙，也可能是弟弟那邊需要顧著……哈哈哈，要是早點跟甜姐坦白，搞不好可以讓他來看我呢，畢竟他看起來比我爸媽有空。』

少女替父母找了很多藉口，那些話像是在安慰自己，或許這樣想，能讓她比較好受。

這孩子的願望，為什麼都沒有與父母相關的呢？

瑛昭雖然還不怎麼了解人類，但他看得出少女眼中的在意與落寞。

會不會是……對父母已經死心了，所以才連許願都不許？

如果是季先生，應該能比較精準地分析吧？

他決定等季望初下班後，再好好請教一番。

＊

有了金錢的加持，宗門成員的戰力發生了很大的改變，阿祖跟甜姐連忙針對目前的宗門實力修改計畫——不過其實也沒什麼好修改的，正常打會贏，甚至隨便打也有可能會贏，所以他們主要做的事情，就是叮嚀大家當天準時上線，記得一定要出席比賽。

季望初知道自己會發病昏迷，早就將帳號委託給甜姐，請對方幫忙打比賽了。這幾天他做的事情，就是吃吃喝喝，睡飽玩遊戲，但他玩的是自己下載的其他遊戲。

在瑛昭看來，季望初簡直是在任務中度假。難得有這種不太需要操心，大半時間都可以休息的任務，也不知道季望初是會感到開心，還是覺得沒挑戰性。

期間，該發生的事情依然有發生，例如那個聽說阿祖跟甜姐結成道侶就發飆的玩家，這次也依然賣了帳號，幸好損失一個戰力，對現在的他們來說，影響不大，依舊可以輕鬆奪冠。

到了宗門戰當天，季望初依舊過著吃飯睡覺玩遊戲的日子，一直到傍晚，他才略感疑惑地皺起眉頭。

沒有發病。都這個時間點了？

季望初想了想，只能判定心情和壓力影響身體。王熙圓的身體狀況本來就不適合大喜大悲，或是背負太大的壓力，她生前在這個時間點，應該正煩惱著宗門大比，思考該怎麼做才能幫上大家，過度煩惱的情況下，才會承受不住發病。

相較之下，季望初早就知道接下來的狀況，他經歷過的各種事情也讓他早就練成了良好的心態，自然不受外界因素影響。加上他最近都過得很輕鬆自在，這也讓他維持住比較好的身體狀況。

然而，現在不發病，不代表之後不發病，或許只是延緩了發病時間而已，所以他仍然不打算自己上線，打算按照原訂計畫，將比賽的事情交給甜姐。

宗門大比的時間大約半小時，結束後，遊戲群組很快就開始出現歡呼與慶祝的留言。考慮到王熙圓可能想看看這些對話，他便打開群組，進去體驗勝利的氣氛，也湊湊熱鬧。

他打了招呼，然後明知故問地詢問比賽結果。大家告訴他拿到第一後，就一一開始說「謝謝大大讓我有遊戲玩」，抱大腿的貼圖也一個接著一個出現，整體氣氛很歡樂。

沒過多久，看護提醒他睡覺時間到了，於是他放下手機，乖乖闔眼就寢。

陪著王熙圓看完這一段的瑛昭，觀察了一下少女的神情，發現她看似開心，卻隱約有些落寞。

「妳的願望就快完成了，只差給甜姐刷幾張月卡，目前為止妳滿意嗎？有沒有遺憾被滿足的感覺？」

雖然任務已經快進行到終點，但只要少女說不滿意，瑛昭還是願意看看還有什麼調整的空間，再請季望初處理。

『啊……一樣有種不真實的感覺吧，外加覺得自己很笨。那時候，我對宗門大比感到興奮又期待，前一天有人賣帳號，給大家帶來不小的打擊，我也焦慮得不知道該怎麼辦，渴望幫上忙，卻又不曉得自己能做什麼……』

王熙圓一面說，一面低下了頭。

『結果原來這麼簡單。原來用錢就可以解決了，用錢就可以買到大家的快樂。我

什麼都沒有，就是有錢啊，為什麼我想不到這種解決方法呢？就算想到了，我恐怕也不敢這樣先斬後奏地直接送禮包……』

她的情緒似乎很低落，但不等瑛昭想出安慰她的話，她就自己提振了精神。

『算了！反正我也看到好結局會長什麼樣子了，我這輩子很廢，也許下輩子就不一樣了吧！』

少女的樂觀是瑛昭比較少在這些不願轉世的靈魂中看到的，不過聽她這麼說，瑛昭居然忍不住心生一個突兀的感想。

可是妳下輩子，應該百分之九十九的機率不會像這輩子這麼有錢……啊，我在想什麼呢，這個不是重點吧，有個健康的身體，還是比有錢重要，否則有錢也沒有時間能享受……而且投胎之後不會有這輩子的記憶，只要不知道自己上輩子有這麼多錢可以揮霍，就不會覺得自己窮了呢！那句話叫做什麼，沒有比較沒有傷害？

「看來妳現在比較願意去轉世了，這樣很好。」

『對啊！請季先生送甜姐幾張月卡，就可以結束了。其實不送好像也沒關係，畢竟這只是虛擬世界，實際上甜姐也收不到。』

對少女來說，送月卡給甜姐，是她對甜姐長期幫忙的一點心意，如果無法送到本人手中，那好像也沒什麼意義。

只能說她一開始許願時，沒有想得很清楚。

「好啊，我這就通知他，請他結束任務回來。」

瑛昭說著，便給季望初傳了訊息。

此時季望初剛睡醒，收到消息後，他語氣平淡地回了一句。

『別急，我還有一件事要做。』

聽他這麼說，瑛昭有點不解。

『還有什麼事？難道你真的要去監督甜姐有沒有把阿祖追到手？』

『……想什麼呢，我有那麼無聊嗎？我只是要幫委託人打一通電話，當作是收尾。』

打一通電話？

瑛昭正想繼續追問，但季望初已經拿起手機，於是瑛昭便決定安靜地看下去。

「季先生說他要幫妳打一通電話，我們稍等一下吧。」

瑛昭的話讓王熙圓跟著露出疑惑的表情，在她發現季望初正準備打電話給自己媽媽後，疑惑的表情就變成了驚慌不安。

『他為什麼要打給我媽啊？我平時是不會主動打給媽媽的，媽媽搞不好在忙啊，這樣會打擾到媽媽。』

儘管少女看起來很慌張，但瑛昭並不打算阻止季望初，因為他覺得，季望初這麼做，一定有他的用意。

「別擔心，這是模擬出來的世界，所以妳媽媽不會真的被打擾到。」

『這、這樣說也沒錯啦……』

少女一臉糾結地認同了這句話，這時，季望初的電話被母親接了起來。

母親似乎很訝異王熙圓會主動來電，因而關心地詢問是否出了什麼事，季望初則回答得十分平靜。

「沒什麼特別的事，只是想聽聽您的聲音，跟您說幾句話。」

電話那頭的母親沉默幾秒後，柔聲回應，表示她什麼時候想打電話都可以。見狀，季望初繼續說了下去。

「媽媽，您給我的兩百萬額度，我花完了。」

聽她這麼說，母親雖然驚訝，卻還是詢問她額度是否不夠，要不要再提升。幾句交談間，季望初已經能判斷出母親大致的態度，就照著自己的想法再度發問。

「錢暫時不用了，我只是怕被您責備而已。」

在母親連聲保證不會因為這點小錢責怪她亂花錢之後，季望初以委屈寂寞的聲音開了口。

「您總是告訴我，有什麼需要的都可以告訴您，但我一直不敢說。」

在寂靜的病房裡，少女的聲音聽起來既壓抑又無助。

「可是再不說的話，也許要來不及了。我的身體越來越差，每次發病都不知道還有沒有機會醒來……」

瑛昭他們聽不到少女的母親怎麼回答，只聽見季望初以忍著哽咽的聲音，說出自己的請求。

「我想要您來看看我，陪我吃頓飯，告訴我您愛我。我想要最後閉上眼睛時，留下的記憶不是冷冰冰的電話裡傳來的聲音，而是您溫暖的擁抱，媽媽。」

螢幕外，一直強忍淚水看到這裡的王熙圓，終於痛哭失聲。

她不知道自己為什麼不願意去轉世，不曉得自己的遺憾究竟是什麼，但季望初看出來了。

任務開始時回到的那個時間點，是她死前最後一次跟母親聯繫。

而她的悔恨，便是那時候什麼也沒說，什麼都沒要求，就這樣孤單地在醫院病逝，至死都不確定母親是否還愛她。

＊

季望初那通電話十分有用，母親當天立即排開所有行程，到醫院來陪了他一整天。

王熙圓的靈魂已經冷靜下來，就這麼默默看著畫面上陪伴自己的母親，直到母親離開為止。

接著，季望初打開遊戲，送了甜姐三張月卡，打算有始有終地結束這個任務。

忽然收到月卡，甜姐嚇了一跳，立刻就發了訊息過來。

甜姐：小離，怎麼了，為什麼突然又送我月卡？妳該不會今天就要退坑了吧？

既然他問了，季望初便決定多花點時間跟他交代一下「後事」。

離：是啊。提早退坑比較好，如果等到自然退坑，你不就知道我的忌日是哪天了嗎？這樣太沉重了。現在就退坑，以後不要聯絡，你就可以當作我還在世界上活得好好的。

這些話只是季望初臨時編出來的藉口。

甜姐：以後不聯絡的話，我追到阿祖要怎麼把照片給你？

離：你可以隔空燒給我。

甜姐：……不是說好當作你在世界上的某個角落好好活著？

離：喔，那你就在結婚典禮上感謝我，說我是你們的媒人吧。

甜姐：現在談婚禮也太早了，我才拿到他的手機號碼而已，起碼等我拿到他的身分證再說啊！

離：拿到他的身分證要做什麼？

甜姐：偽造結婚證明給妳看，或者直接在阿祖的配偶欄加上我的名字啊。

離：……

季望初覺得這段對話差不多可以結束了，於是他通知瑛昭，可以準備結束任務。

不過這時，甜姐又傳來一個訊息。

甜姐：好啦，妳的帳號，我跟阿祖會好好幫妳玩下去的。

甜姐：無論妳會不會回來，只要遊戲還沒倒，我們都會把帳號維持著等妳。

甜姐：就好像妳一直沒有離開一樣。

接收完這句話後，任務剛好被瑛昭終止，季望初回到了辦公室內，王熙圓則還在沉澱情緒，沒有馬上說話。

「季先生，辛苦了，又完成了一個任務。」

瑛昭先慰問了一句，此時少女也回過神來，惶恐地道謝。

『**謝謝！我可以安心去投胎了！我很滿意！**』

「滿意就好，那我就用合約送妳離開吧。」

季望初向來沒興趣多說什麼話，聽少女這麼說，當下便準備將她傳送走。

『**沒問題，謝謝您！**』

少女道謝後，又惋惜地自言自語了一句。

『**可惜月卡沒辦法真的送給甜姐……**』

「……」

季望初臉上一抽，隨即朝瑛昭伸手。

「手機給我。」

「唔？好，拿去。」

瑛昭不明所以地交出了自己的手機，季望初則再次打開那個修仙遊戲。

「反正一百七十元而已，我現在就用自己的錢幫妳送一張月卡給現實的甜姐，這樣總行了吧？」

季望初的決定，讓瑛昭為之一愣。

天啊，做個任務還要自己倒貼錢，季先生人也太好了吧！

『可以嗎？真是太謝謝您了！』

少女激動地再度道謝，顯得非常開心。

對季望初來說，就只是用新手帳號送出一張月卡而已，對現實世界不會有多少影響。畢竟送完月卡，他就可以將遊戲從瑛昭的手機裡刪除，甜姐就算滿心疑惑也找不到人問。

等到終於結束委託，送少女去轉世，已經比正常下班時間晚一小時，季望初要瑛昭趕緊收一收東西離開，兩人便一同出了公司，準備回家。

「明天我請了假，不會來上班，早上你自己叫計程車吧，因為我不確定幾點會回家。我會留來回的車錢跟飯錢給你。」

聽到季望初要留車錢跟飯錢給自己，瑛昭就不由得尷尬。

不過當下，他比較想知道的是季望初請假的事。

「季先生明天請假，是要去哪啊？」

季望初瞥了他一眼，回答得很冷淡。

「處理一些自己的私事。」

……啊，我是不是問太多了？只要請假符合程序，洛陵那邊批准，就沒問題了吧？我這樣問，好像是在打聽部下的隱私，可能不太妥當？

「我知道了，勞煩你費心，還考慮到我的車費跟餐費，真是不好意思。」

「不需要不好意思。多的錢也不用還我。」

季望初似乎不想繼續談這件事，於是瑛昭將話題轉到先前的任務上。

「季先生，你真厲害，想哭就能哭，難道放入了真感情？」

「沒有，那全都是演技，母親在我的生命裡不曾存在過，我也對這種生物不感興趣。」

這、這種生物？季先生，你這個用詞似乎有點失禮啊！

「我沒想到你還願意花現實的錢來送月卡，換成別的執行員，應該不會這麼做吧？」

瑛昭認為再換個話題，可能會好一點。

「不一定，看心情吧。雖然不幫這個忙一樣可以完成任務，不過一百七拿來日行一善並不算貴，別人未必不會這麼做。」

可是，那也要別人有想到可以這麼做吧？

瑛昭在心裡這麼想，由於季望初叫的計程車到了，他便沒把話說出口。

關於人類面臨疾病與死亡，以及面對親人時的複雜情感，瑛昭原本也有話想問，但仔細想了想，他最後決定自己慢慢體悟。

回家之後，季望初照樣做出了美味的晚餐，看起來心情完全沒被影響。對已經經歷過那麼多次任務的他來說，今天的任務多半就像是看一場電影，看的時候未必放入感情，看完之後也不會印入心中深記。

不過，瑛昭和他不同，少女的種種反應與最後爆發的情緒，都讓他的心有所觸動。要不是謹記著第十九號部門的規定，他簡直都想讓少女去見母親一面了——甚至連能不能讓少女復活，他都有想過。

他是神，神能夠做的事情，有很多是凡人根本想不到的。理論上他可以為了一己好惡而讓死者復活，這些事在一定範圍內，即便違反第十九號部門的規定，也是可以做的，神界不會有人有意見，他亦不會因此而受到懲罰。

但這麼做，對王熙圓來說真的是好事嗎？

這麼做會不會只是滿足了他自己，事實上打擾了已經平靜下來的少女家人，少女也不一定能得到幸福。

即便他強烈感覺到少女想活得更久的意念。

「唉……」

瑛昭一面泡澡一面嘆氣。他獨自思考了許久，睡前才拿出手機，重新下載了那個遊戲。

先前下載的時候，季望初用的是遊客帳號，遊戲被刪除後，帳號也找不回來了，瑛昭現在用新的遊戲帳號登入，自然也無法得知甜姐收到月卡後，有沒有傳訊息過來詢問。

他進入遊戲後，笨手笨腳地在遊戲裡尋找自己想知道的資訊。他發現最近恰好也舉辦了宗門大比，雖然不知道這次是第幾屆，不過阿祖跟甜姐所在的那個宗門拿了第一。

儘管與虛擬世界中的狀況不同，他們甚至不知道王熙圓為什麼失蹤，但他們還是完成了這個目標——帶著王熙圓的帳號一起。

看著那個掛在戰力排行榜第一名的名字，瑛昭不知道這個帳號現在是誰負責開，又或者是阿祖和甜姐一同維持，不過他覺得，他們與王熙圓之間可貴的情誼確實是存在的。

即便他們連面都沒見過，也不曉得彼此的真實身分。

瑛昭稍微看了看世界頻，發現甜姐正在呼喊阿祖，叫他快點回家。從眾人零散的話語看來，似乎是甜姐把阿祖的角色變性，想變回去要等七天，這導致阿祖不開心地退出宗門，甜姐只好在世界頻喊人。

甜姐：阿祖，別生氣了，不然我把我的角色也變性，你覺得怎麼樣？

阿祖：……不需要，謝謝。

其實如果要哄人或者道歉，用通訊軟體私下講就可以了，在世界頻講給大家看，也不知是在鬧他還是在秀恩愛。

甜姐：不然我們先離婚，你冷靜冷靜，過七天我們再結回來。

阿祖：你才需要冷靜！不要衝動！離了累積的道侶分數都要重新計算耶！

他們瞎扯了幾句後，阿祖還是乖乖回宗門了，看來他確實拿甜姐沒辦法。至於這是好朋友的包容，還是有望發展成情侶的那種情感，瑛昭無從判斷，也不打算去探聽。

默默關掉遊戲並再次刪除後，他覺得自己對人類的好奇與認知又更多了一點。

本來他放下手機就想直接睡覺，但他又想起一件事，忍不住用神力查了一下。

以他的能耐，要查出一個帳號的使用者長什麼樣子是很容易的。當初懷疑論壇上回留言的人是季望初時，沒有直接查，是因為初來乍到還不太想依賴神力，而現在的他已經沒有這種顧忌，反正查這件事只是為了滿足好奇心，不會影響到任何人。

等他動用神力查到甜姐本尊的模樣後，瑛昭為之一愣，不禁感嘆了一句。

「居然還真的是那個明星啊？」

網友傳來明星的照片說是自己，結果網友沒說謊，這種機率超低的事情居然可以被季望初遇到，瑛昭簡直想從床上爬起來，跑上二樓去跟季望初分享八卦。

但這麼做的結果，鐵定是被冷眼質疑閒得發慌太無聊，因此他最終打消了念頭，決定讓事情就此告一段落。

第七章

次日，瑛昭起床後在桌上發現了早餐，吃飽喝足後，他叫了計程車去公司，接著便開始思考今天要做什麼。

季望初今天請假，不會進公司，他如果想旁觀執行員做任務，就只能去旁觀其他人。

先前旁觀王寶華做任務的經驗不太好，瑛昭不確定自己該不該再給他一次機會，或者找別人試試。

唉，季先生不在，我就提不起勁，這樣是不是有點糟糕？

其實我未必要旁觀執行員做任務，我也可以繼續研究水晶球，看看能不能早點將季先生想要的功能研究出來啊。

瑛昭左思右想，也沒決定好今天要做什麼。他算是這間公司的最高主管，也就形同是老闆，理論上他去公司發呆耍廢，甚至不去公司都沒有關係，但他認為養成上班的習慣比較好，而且他也沒多的錢可以出去花天酒地。

「瑛昭大人，早啊！」

見到他進公司，夕生笑容滿面地打了招呼，接著小心翼翼地問了一句。

「您今天……也要賣飯糰嗎？」

提起飯糰，瑛昭就想起昨天跟季望初的對話。儘管季望初今天不在，賣飯糰不會被抓包，但經過昨天那番交談後，他已經徹底打消了賣飯糰的念頭。

「不賣了，賺太少了。是我太天真，還麻煩你跟洛陵陪我胡鬧。」

聽他說不賣飯糰，夕生顯得十分意外。

「瑛昭大人怎麼忽然想開啦？呃，我的意思是，您怎麼突然改變心意了呢？」

……所以夕生也覺得我是想不開自找麻煩嘛？只是不好意思說得太直接而已。

「季先生問了我幾個問題，我回答不出什麼好答案，所以就被他說服了。」

「啊！小季那個傢伙說話一定很難聽吧？瑛昭大人您可千萬別放在心上。」

夕生像是怕他心靈受創，所以才這麼說。

講話有沒有很難聽喔……這次算普通吧，他只是說出事實跟自己的看法，我……我可以承受的，真的。

「沒事，他只是點出了我的盲點。別談這個了，今天季先生請假，我可能要找別的執行員旁觀，業績第二的執行員有來嗎？」

「真不巧，他今天也請假。瑛昭大人如果想打發時間，要不要跟我們一起進行系統檢修？」

「系統檢修？」

這個新鮮的詞讓瑛昭露出好奇的表情，等著夕生說明。

「系統檢修是每個月都會進行的，之後還會有年度的大檢修。這個工作平常都是洛陵跟我在做，如果瑛昭大人加入，過程應該會更順利，也可以檢修得更仔細。」

聽他這麼說，瑛昭有點感興趣，也想多了解一點。

「具體來說是檢修什麼項目呢？」

「喔！主要是檢修公司裡面各種與執行員相關的陣法，還有與神界溝通的介面，這些陣法安裝在公司內的各個房間，讓執行員可以藉由身分編碼進行召喚靈魂、書寫合約、調閱記憶、進入任務與執行合約等項目，您手中的水晶球是主控裝置，聽說可以藉由主控裝置來修改一些功能，但這方面我就不太清楚了。」

瑛昭一面聽一面點頭，並追問了其他問題。

「那你們平常如何進行檢修？」

「通常是用洛陵的電腦連上機房的陣法，調出各個線路來一一檢驗。不過，我們能檢修的陣法有限，通常只檢修指導手冊上有的陣法，年度檢修時則會將平時比較不容易出問題的大型陣法放大檢視耗損，通常要花上一整週的時間。」

「用電腦……連上陣法？」

瑛昭難以想像這是怎麼進行的。

「是啊，當初是神界的人來幫忙設定的，洛陵如果換電腦，都要透過介面跟神界聯絡，請教重新連接的方式。」

「還真厲害啊……要對人界有一定的了解才能辦到這種事吧？有機會的話真想認識一下……」

啊，不過，如果要結識對方，到底要用第十九號部門主管的身分，還是用大奉瑛昭的身分？

瑛昭一時之間無法決定，因而暫時將這個念頭拋諸腦後。

「那我今天就跟你們一起進行檢修吧，那些陣法我說不定能看懂，看看能否幫上忙。」

「好的，那就麻煩您了！」

接下來，瑛昭跟著夕生回辦公室，夕生向洛陵說明狀況，稍做準備後，檢修就開始了。

洛陵以他的筆記型電腦連上機房，接著他們就像瞬間來到另一個地方似的，整個空間變得幽暗深邃，陣法符文飄浮在他們周圍，散發著法術氣息。

瑛昭一進入這個空間，就開始觀察周遭的陣法，同時以水晶球為媒介，一面跟著洛陵檢修，一面研究陣法的作用。因為神界建構出來的陣法十分精妙，他很快就入迷了。

洛陵手指輕敲鍵盤，對應的陣法就會亮起，夕生幫忙查看陣法符文是否完整，瑛昭則觀察符文內含的能量是否正常，他們一條一條檢測，除了中間暫停吃午餐，都沒休息。

整個檢測結束時，剛好是下午五點。公司六點下班，只剩一個小時也不能做什麼，瑛昭乾脆提早下班，打算搭公車回家，省點錢。

季先生給了我一千元，早上的車資一百六，中午吃自己做的飯糰，沒花錢，晚上回家搭公車轉車，應該花不到五十，至於晚餐……季先生不知道會不會回來準備？保險起見，我帶了水晶球回家，有這個法器在，就算季先生沒回來，我也可以自己做吃的，就能省下不少錢了。

還在神界的時候，瑛昭從沒想過自己有朝一日會需要如此精打細算地過活。這給他一種很充實的生活感，感覺十分新鮮。

公車上，他跟之前一樣成為乘客注目的焦點，還有人大著膽子上前詢問他是不是藝人或模特兒。這些人都被他微笑著打發走了，下車時他還特別觀察有沒有人跟蹤，確認沒問題後，才走回季望初家。

到家後，瑛昭等到七點，判斷季望初不會回家煮飯，就拿出水晶球處理了自己的晚餐。飯後泡澡是他這陣子的生活習慣，而他才剛開始泡，手機就響了起來，瞥見來電人是季望初後，他拿起放在一旁的手機，略帶遲疑地按下接聽按鍵。

之所以會遲疑，主要是因為……平時幾乎沒有人打電話給他，他有點不確定這個按鈕是不是接電話用的。

「喂？季先生？」

『瑛昭大人，我今天應該趕不回去，有件事情想麻煩你幫忙。』

季望初一開口就進入正題，瑛昭聽完，下意識回了一句。

「什麼事？要幫你多請一天假嗎？」

『……我要說的不是這個，不過既然你提到了，就順便幫我多請一天吧。』

原來不是要說請假的事？啊，我應該等季先生開口的，剛才我這樣問，會不會讓他覺得我心裡只有公司的業績？

瑛昭內心懊惱，但話已經說出口，也沒辦法收回了。

「那你希望我幫忙的是什麼事情呢？」

『我想請你去二樓，幫忙餵一下我養的寵物。因為沒料到今天回不去，我只給牠留了一天的飼料，假如可以的話，之後只要我沒回家，都幫我餵牠。』

咦？季先生居然有養寵物？平時怎麼都沒聽到聲音？還有，我可以去二樓了？

「沒問題，是什麼寵物啊？該怎麼餵？」

『只是隻大耗子，沒什麼特別的。那傢伙的籠子在二樓最右邊的房間裡，飼料跟草的給法，我詳細跟你說一說。』

大耗子？是隻大老鼠？人類也會養老鼠當寵物嗎？

瑛昭對這隻尚未謀面的寵物充滿了好奇，因此在聽完季望初講解飼料怎麼給之後，他又問了幾句。

「這隻老鼠有什麼特殊能力嗎？」

『**特殊能力？什麼意思？**』

「因為一般人類養的好像是小貓小狗，你養老鼠，是不是因為牠有什麼特別的功能？比方說鑑別藥物、尋找東西之類的？」

瑛昭根據自己在神界的經驗，提出了這樣的問題，這讓季望初沉默了幾秒鐘。

『**不，那傢伙不是那種厲害的生物，要說有什麼特別的……就是特別可愛，特別好摸而已。**』

聞言，瑛昭眨眨眼，判斷這隻寵物對季望初來說，應該真的是放在心上寵的那種。

因為要讓季望初說出這種話，意味著季望初覺得牠可愛，也覺得好摸，這可是很難得的事情。

『**還有，幫我注意，二樓那個房間的冷氣一定要二十四小時開著，除濕機也是。如果有跳電的情況，你不會修，就找夕生或洛陵幫忙，反正那個房間必須維持好溫度跟濕度。**』

這件事不難，所以瑛昭也答應了。假如只是要維持溫度跟濕度，在斷電的情況下，他也能用神力調整，完全不是問題。

「牠有名字嗎？我可不可以摸牠？」

『**牠叫 David Wang，想摸就摸吧，那傢伙很乖，不怎麼咬人的。**』

為了來人間歷練順利，瑛昭早就給自己輸入了人界的各種語言，其中就有英文，這個名字讓瑛昭再度疑惑地發問。

「怎麼姓王？既然是你的寵物，不是該姓季嗎？」

『**那個不是姓氏，只是因為牠很會吃，才取這種諧音。**』

「諧音？」

瑛昭一頭霧水。

『**David Wang 就是大衛王啊，胃很大吃很多的大胃王的意思。**』

……

瑛昭沒想過季望初會有這種幽默感，因而一時之間不知該做何反應。

「那你都叫牠英文名字，還是叫牠中文名字？」

『**我最常叫牠「喂」。**』

「不是吧，那你取名的意義是什麼？」

瑛昭忍不住將這句話說了出口。

『為了去寵物醫院看病的時候有個名字可以填。』

……真是個實際的理由。

『飼養上如果還有問題，你可以搜尋「龍貓」了解一下。』

龍貓？到底是老鼠、是貓，還是龍啊！

＊

由於對二樓那隻寵物充滿好奇，瑛昭提早結束泡澡，收拾一下之後，就滿懷期待地上了樓。

這是他第一次上來二樓，簡單看一眼後，他發現還有通往三樓的樓梯，也不知季望初是不是住在這一層。

二樓一共三個房間，門都是關上的。基於禮貌，瑛昭並沒有去開另外兩個房間的門，他直接打開季望初說的那一間，然後開燈。

映入眼簾的是各種寵物用品與一個巨大的櫃籠，冷氣的溫度設定得比較低，有一隻白色混著灰毛的長尾巴生物，正睡眼惺忪地站在籠子裡，不知剛才是不是在睡覺。

這就是龍貓？

瑛昭湊近到籠子前細看，這隻看起來十分無害的生物則呆呆看著他，毫無反應。

季先生說是大老鼠……確實比一般老鼠大很多，可是有這麼可愛的老鼠嗎？

因為季望初說牠不太會咬人，瑛昭忍不住將手指伸入籠子的孔隙中，隔著籠子摸龍貓的下巴部位。

這個位置似乎戳中了小寵物的好球帶，牠耳朵一抬，頭一歪，就主動將脖子往瑛昭的手指靠過來，似乎是在要求他搔一搔，瞇眼的樣子非常可愛。

好、好軟的觸感，這什麼毛茸茸又軟綿綿的小動物，也太可愛了吧？我都想養一隻了……

瑛昭一時之間被龍貓的可愛迷惑了，不過他沒沉迷多久，就想起了正事。

還是先處理飼料吧，先餵一餵，待會再看看能不能偷摸幾把。

他這麼想著，便動手去摸架子上的飼料。一看他做了這個動作，籠子裡的龍貓立即激動了起來，圓圓的黑色眼睛盯著他，看起來對食物充滿渴望。

呃，這反應是餓壞了嗎？對了，不知道動物可不可以讀心？

瑛昭靈機一動想起自己的特殊能力，便嘗試使用到龍貓身上。

（吃的！吃的！）

（給我！快給我！快！快快！）

……總之就是個貪吃的孩子。不過，既然可以讀心，那相處起來應該會容易不少。

瑛昭隨意拿了一包飼料，打開籠子後，抓了一把放進飼料盆中，然而龍貓只看了一眼就繼續渴望地看著他，完全沒有過去吃的意思。

（為什麼又是這個，我不要這個，這個很難吃。）

（我這麼可愛為什麼要吃這個。）

（看到這個就吃不下了，給我好吃的！你跟主人不一樣，你會給我好吃的吧？）

（你是個好人吧？給我好吃的就是好人。）

（吃的！我要吃的！）

牠那副期盼的模樣，配合眼神與心音，讓瑛昭馬上就投降了。

好好好，這就給你換一種，我看看，這包行嗎？

他拿起另一包飼料，打開之後捏一顆放到龍貓面前，對方馬上搶走，在籠子跳了幾下，然後找了個角落開始吃。

啊……跳來跳去的樣子也好可愛喔，真是一顆可愛的毛球，神界怎麼沒有這麼可愛的老鼠？

瑛昭覺得自己光是盯著牠看，就可以看一整天。

他將小龍貓喜歡的飼料也放了一些到盆中，龍貓吃完手上那顆之後，跑來飼料盆這邊探頭，確認過都是自己喜歡的食物後，又站起來看他。

嗯？還有什麼事嗎？

由於不明白龍貓在想什麼，瑛昭再次使用了讀心能力。

（這個人類好像會給好吃的。）

（那麼他可以給我那個吧？好久才能吃到一顆的那個。）

（給我一顆的話我考慮喜歡他。）

唔，這麼貪吃，真的好可愛喔，是想吃零食之類的東西嗎？我來找找看好了。

瑛昭轉身去看另一側的架子，不過他才剛開始尋找，就聽到後面「砰」的一聲，回頭一看才發現小龍貓跳出籠子，在紙箱上落腳，接著便動作靈活地跳到地板上，開始活潑地探索起來。

「啊！大衛王！你怎麼跑出來了！」

見狀，瑛昭慌張地先關上房門，避免牠跑出去，然後手忙腳亂地試圖抓龍貓。然而他很快就發現，想徒手抓到龍貓有一定的難度，常常快要抓到，對方就跳走了，忙了五分鐘後，徒勞無功的瑛昭不禁苦惱了起來。

是我人界的身體身手太差勁，還是大衛王身手太好？難道我要用神力抓龍貓？為了這種事動用神力，是不是有點過分啊？

為了知道小龍貓跑出來的目的是什麼，瑛昭又一次進行了讀心。

（這是什麼？沒咬過，咬咬看。）

（再咬咬看。）

（口感不錯。這個又是什麼？咬咬看。）

（不好咬。再看看別的好了。）

結果幾乎都是這樣的內容。小龍貓充滿好奇地嘗試啃咬室內的各種物品，為了避免造成破壞，瑛昭只能用手去攔，因而被輕咬了一口。

（我要去那邊，不要擋我的路。）

（我要咬那個，不要阻止我，咬你喔。）

牠那毫無威懾力的威脅，瑛昭一樣覺得可愛極了。

我看還是快點找個零食來拐牠吧，零食、零食……這包或許可以？

瑛昭擺弄塑膠袋的聲音，讓小龍貓敏感地看向聲音發出的方向，接著又渴望地站了起來。

有反應了！好，來誘拐看看！

用手中的零食吸引龍貓的注意力後，瑛昭伸手一撈，終於成功將龍貓抓到自己懷裡。

小龍貓象徵性地掙扎兩下後，為了吃的，最後還是選擇乖乖躺下，在瑛昭懷裡抱著那顆零食啃。

瑛昭覺得，這種餵食的工作，自己很願意每天代勞。他充分感覺到了寵物的價值所在，可愛的生物真的治癒人心。

零食很小顆，啃完之後，小龍貓就開始左顧右盼，一臉想逃脫的模樣。瑛昭見狀連忙壓制著牠，同時站起身子，在硬抓的情況下，龍貓發出了好幾次比較激烈的叫聲，似乎對他抓尾巴捏屁股的行為很不滿。

將小龍貓送回籠內後，瑛昭眼明手快關起籠子的門，這才沒讓牠再次逃脫。

呼，要抓到，又怕傷到牠，還真困難。牠現在蹲在門前一直盯著我耶，表情看起來好像不太開心？再讀心一次試試看？

有讀心能力，在這種時候真的很方便。能力一啟動，他就聽見了小龍貓內心的想法。

（道歉！你給我道歉！成年雄性的屁股怎麼可以亂抓！你沒經過我的同意！）

（道歉！然後給我好吃的！這樣我才原諒你！）

小龍貓這凶巴巴的心音配上毛茸茸的小臉，依舊只能讓人感覺可愛，完全沒有威嚇的效果。

好可愛喔，可是……零食不能給太多吧？我記得季先生說想逗牠的話，最多給一顆，不能因為牠可愛就多給啊，這樣是在害牠吧？

「大衛王，抱歉，零食不能再給你了，我不是故意抓你屁股的，原諒我好嗎？」

瑛昭不曉得龍貓聽不聽得懂人類的語言，因此好奇地繼續讀心。

（他是跟誰講話？大衛王是誰？我明明叫做「喂」。）

……

讀到這句話，瑛昭一陣無言，不知道該說什麼才好。

季先生……取了名字就要好好使用啊，怎麼可以讓這麼可愛的寵物誤以為自己的名字是「喂」……

「你的名字是大衛王，別搞錯啊。」

瑛昭柔聲解釋，但小龍貓一點都不領情。

（那是哪來的名字？你又不是主人，不要亂改我名字。）

（不過如果你每天都來給我幾顆好吃的，就考慮讓你改。但不能換主人。）

認主了就不換，但是又貪吃，這點也好可愛喔……

考慮到明天還要上班，留在這裡又會想餵食龍貓，瑛昭想了想，決定乖乖下樓。

「大衛王，乖喔，如果可以的話，我明天再來看你。」

假如季先生明天回來，不曉得還肯不肯讓我上二樓……只是上來看龍貓的話，說不定可以拜託看看？

他心裡這麼想，下樓後看了一會兒書，便早早就寢。

讓瑛昭意外的是，季望初不止隔天沒回來，一連三天，他都沒出現，也沒有傳來任何消息。

手機是關機狀態，整個人音訊全無，如果季望初是個正常的活人，看了不少懸疑小說的瑛昭，大概會懷疑發生了凶殺或綁架案件，並直接去警察局報案。

但季望初並不是一般意義上的活人。他本質上是個鬼，只是擁有能在人界活動的身體，要是遭遇了攻擊，應該也不會真的死去。

以季望初的能力和腦袋，瑛昭不認為人界有多少人能暗算他。然而現在，季望初確實失蹤了，帶著困惑不解與擔憂的心情，他決定找夕生跟洛陵，詢問以前是否發生過類似的狀況。

*

「事情就是這樣，從那天接到季先生的電話後，他已經三天沒有消息了，你們那邊有什麼線索嗎？」

聽完瑛昭的敘述，夕生跟洛陵的表情都嚴肅了起來。

「以前小季不時就會失蹤個幾天，但通常是他想故意違規清掉積分的時候。現在他的積分還不到快要達標的地步，應該沒道理這麼做……」

夕生一邊想，一邊說出自己知道的情況。

「我們去查查看靈界那邊的消息好了，給我們一點時間，最遲明天給您答覆。有時候小季也會自己鬧失蹤幾天又自己出現，您先別太擔心，搞不好他今晚就回來了呢。」

「好的，麻煩你們了。」

如果季望初能自己出現，那是最好的，然而到了晚上，他依然沒有回來。

瑛昭餵食龍貓時，龍貓也是一副無精打采的樣子。

（今天又是這個人，主人去哪了？怎麼不見了？）

（我該不會被棄養了吧？）

（我應該沒有很會吃吧……就只是有點挑食而已啊，每天丟掉的草也不算多吧，難道因為這樣就不要我了嗎……）

（主人明明很喜歡我，之前都會花時間陪我，到底為什麼棄養我，難道就因為我之前咬了他一口？）

這些心音配上牠悶悶不樂的表情，讓瑛昭心疼極了。

「大衛王，乖乖吃飯，我一定會把你主人找回來的。」

只要動用神力，要在人界搜索一個人，對瑛昭來說只是小事一樁。當他搜索過卻毫無發現後，季望初人在靈界的可能性，便大大增加了。

執行員能待的地方，只有人界跟靈界，再不然就是靈魂被人滅了——這個可能性應該不大，畢竟難度很高。

夕生說最遲明天給他答覆，所以他沒有急著親自跑去靈界。隔天，他早早就到了公司，只等夕生來上班，好詢問他情況如何。

不過，夕生和洛陵今天都比平時晚來。抵達公司時，他們看起來風塵僕僕，十分疲憊。

「瑛昭大人，不好意思，昨晚收到消息後，我們跑了一趟靈界，所以才會遲到。」

「沒關係，所以有季先生的消息了嗎？人在靈界？」

瑛昭著急地詢問後，兩人同時點了點頭，然後由洛陵開口說明。

「是的，季望初人在靈界，目前處於被囚禁的狀態，我們託關係聯絡，也沒能見到他本人。目前只知道他潛入靈界的第一檔案室被抓，其他情況都不清楚。」

潛入靈界的第一檔案室被抓？季先生去那種地方做什麼？

瑛昭擔心之餘，也不禁疑惑。

「他會被關多久？根據規定，我們有辦法讓他回來嗎？」

他想先問清楚走正常流程會是什麼情況，洛陵便拿出手機，準備將靈界的律法傳送給瑛昭。

「瑛昭大人，我先將靈界那邊的律法傳送給您，涉及這件事的法條，我也會標注起來，另外我也口頭上跟您說明一下，這種事情可大可小，主要是看靈界那邊的相關管理人員用哪條律法來處置他。由於季望初具備第十九號部門執行員的身分，您身為主管，有權將他帶回來自行懲處，不過，前提是您願意替他賠償這次事件中靈界所有的損失。」

聽到可以直接將人帶回來，瑛昭鬆了一口氣。

「只是要賠償的話，簡單，靈界索要的賠償應該不會是人界的錢，這部分我可以處理。那我親自跑一趟吧，今天公司就先交給你們了。」

「啊？瑛昭大人，可是，我們還不知道需要賠償多少耶，而且……根據我們打聽到的消息，您想將人帶回，恐怕不會很順利。」

夕生的話，讓瑛昭不解地看向他。

「為什麼？」

「現在第一檔案室那邊的管理者，好像是以前當過我們上司的某個傢伙。小季以前就時常跟那傢伙發生衝突，這次落到他手上，對方多半不會輕易放人。」

從夕生的語氣聽來，他也不怎麼喜歡那個曾經的上司。得知這個消息後，瑛昭更著急了。

「他們有過節，季先生的處境就很不妙了，那我更要早點趕過去啊！」

「那個神能在離開第十九號部門之後，又去靈界當官，背景應該不簡單，您如果要去，可別跟他硬槓上啊。」

面對夕生擔心的叮嚀，瑛昭只淡淡回了一句話。

「放心，他沒辦法對我怎麼樣的。」

「瑛昭大人——」

「我會把人帶回來的，你們就安心等著吧。」

語畢，神力施展下，他立即從原地消失，直接以現在的肉身前往靈界。

從人界前往靈界，一般來說要從人界找到特定的連接口，那些連接口對應靈界的各個區域。第十九號部門的執行員，平時借助部門的系統，可以在靈界收容任務靈魂的那塊區域穿梭。現在瑛昭要找的是檔案室相關的刑罰單位，必須自行尋找前往該區域的路，而這對他來說，一點也不難。

他在三界之間往來，根本不需要特別找出入口。以他的能耐，只要隨手建構出一條直達通道即可，因此他很快就抵達了靈界，並順利來到了第一檔案室。

在他向第一檔案室的工作人員說明來意後，對方替他通報上級，接著，一名修為不高的小神便出來負責接待，儘管對方笑臉迎人，卻一開口就是逐客令。

「不好意思，我們第一檔案室的主管現在沒空，您要不要下次再來？」

瑛昭敏感地察覺到對方語氣中的敷衍與不敬，因而皺起眉頭。

就算不讀心，他也能感覺出對方是怎麼想的。第一檔案室的主管顯然將他當成一個沒沒無聞的小神，懶得出面，就只派底下的人來打發他。

「你們主管沒空也沒關係，我只是來接走自己的部下，根據條例，交出賠償款項就可以把人帶走了吧？需要賠償多少靈幣？」

瑛昭在來的路上，已經迅速惡補過靈界律法，他認為按照規定走，對方沒有藉口能拒絕放人。季望初沒有神力，不可能傷人，頂多是在檔案室外破壞一些東西，那是幾萬靈幣就能解決的事。

然而，他還是把事情想得太簡單了。

「您要代替部下賠償？賠償金不低喔，主管交代了，需要六百萬靈幣。」

聽見這個數字，瑛昭先是一愣，接著便冷笑了起來。

「六百萬靈幣？我的部下是把第一檔案室整個燒了嗎？一個執行員哪來那麼強的破壞力，報出價碼之前，你們都不評估一下合理性？」

這種獅子大開口的賠償金，即便他拿得出來，他也不想便宜這些傢伙。

「我們主管是這麼交代的，我也不清楚啊。」

即便被當面質疑，對方還是皮笑肉不笑地推卸責任，沒打算說清楚。

「這麼大筆的賠償金，你們理應列出明細讓我看吧？」

瑛昭認為自己提出的是合理的要求，然而這裡的人似乎不打算跟他講道理。

「明細？沒有那種東西，我們說多少就是多少，您要是拿不出來，就請回吧！」

男子這麼說之後，瑛昭又提了另一個要求。

「不給賠償就趕人？這是你們的待客之道嗎？至少也該讓我見一見部下，了解發生了什麼事情吧？」

說不定季先生根本沒犯罪，只是被人品有問題的前上司找藉口關起來呢！

「想和犯人見面？懂不懂規矩，要人辦事就該拿出點誠意來啊。」

對方口中的「規矩」，瑛昭並沒有天真到完全不懂，無非是賄賂一類的事。不過，這種行為不是不成文的規定，只有某些囂張的辦事人員會提出這種要求，大部分的人還是兢兢業業地守在自己的崗位上，那些利用職權謀私的傢伙，不是背後有長輩護著，就是專門欺負看起來沒背景的小神。

為了能順利辦事，這些小神通常只能忍氣吞聲，無奈地拿出錢財。瑛昭不認為自己需要受這種氣，他不想被這種討人厭的傢伙勒索，然而……要給他們什麼樣的教訓，他想等見過季望初再說。

太早揭露自己的身分，反而不利於觀察。

「這是辛苦費，麻煩你帶路了。」

瑛昭壓下心中的怒氣，拿出一些靈幣交給對方。男子將錢收入囊中後，才笑笑地帶路。

他被領到了第一檔案室的地牢，這裡關押的犯人不多，男子沒什麼顧忌，大概是不想帶路，告知他牢房號碼與限制停留的時間後，就放他一個人進去了。

從牢房號碼看來，季望初被關在地下三層，要走上一段路才會到，這或許就是男子懶得陪同的原因。

瑛昭以最快的速度趕到地下三層後，按照號碼一路尋過去，沒過多久，就看見了季望初的身影。

季望初靠著牆坐在牢房內，神態疲倦，氣息虛弱。瑛昭只掃了一眼，就能判斷出他靈魂的狀態——顯然有人用術法折磨過他，才會讓他處在這麼虛弱的狀態。

得出這個結論後，瑛昭先是憤怒，接著便擔心了起來，他迅速湊到牢房的柵欄前，開口呼喚季望初。

「季先生！你還好嗎？他們對你做了什麼？」

聽見聲音後，季望初睜開眼睛，一看到他，立刻勉強提振精神，語氣著急地問了一句。

「你有幫我餵那隻老鼠嗎？」

……

好不容易見到人，對方第一個問的卻是這種問題，瑛昭實在不知道該如何形容自己的心情。

第八章

一見面，先關心的是大衛王，這種時候難道不該先關心其他事情嗎？看來季先生果然很愛牠……

瑛昭心情複雜地這麼想著，但他還是先回答了這個問題。

「有，我每天都有上樓去餵牠，因為主人失蹤，牠看起來悶悶不樂，很可憐的樣子。」

季望初聽完他的話，嗤笑了一聲。

「那傢伙就只是隻貪吃的動物，哪會因為我不見就不開心，悶悶不樂應該是太久沒出來放風吧。」

才不是！大衛王心裡就是這樣想的！牠心裡有主人，你不能誤會牠啊！

瑛昭話到嘴邊又吞了下去，由於不能洩漏自己的讀心能力，他就算說出小龍貓的心聲，也無法證明。

「先不提龍貓，告訴我你的狀況，他們對你用刑了嗎？你到底在第一檔案室做了什麼？」

其實瑛昭到現在，依然不太相信季望初會犯罪。

在他看來，事情很可能是季望初因為某些事來到第一檔案室，恰好被沒事找事的前上司看到，起了口角爭執後，就被藉故逮捕。

但季望初的回答卻超乎他的想像。

「我潛入這裡，觸動了警報，想在被抓之前查一些資料，可惜沒能達成目的。用刑是必然會發生的事情，那個死變態不會放過這種欺負人的機會，總之被關在這裡是我自找的，你回去吧，記得幫我照顧寵物，沒錢了先跟夕生他們商量，等到死變態玩膩了，自然會把我放了。」

瑛昭愣了幾秒，才遲疑地繼續追問。

「你還真的犯罪了？」

雖說潛入第一檔案室查資料，在瑛昭眼中不是什麼大過錯，但這確實是違規行為。

一般來說，想從任何一個檔案室調取資料，都必須提出申請。申請獲得批准後，檔案室會將資料的複印本交給申請單位，只有任職特殊職位的神或者某些具有特權的神，可以直接進入檔案室翻閱資料。

以季望初執行員的身分，擅自闖入當然是會被逮捕的，如果他查閱了什麼機密資料，刑求或抹除記憶都不為過。

若是這種情況，瑛昭還真不好針對刑求的事情提出抗議。

季先生為什麼寧願冒險也要闖進來查資料？執行員又沒有神力，也沒修行過，想神不知鬼不覺地潛入根本不可能，所以他進來之前就知道無法全身而退了嗎？

「我有想查的事情，即使要付出一些代價，我也要查清楚。原本我已經調查好潛入的時機跟方法，按照我的估算，應該關兩天問不出什麼東西，就會被放出來，沒想到運氣這麼差，這裡居然是那個爛神管的，依照他的習性，大概要折磨我一個月吧，死不了人，你不用擔心。」

季望初的語氣看似要趕人，瑛昭聽了頓時皺眉。

「你有成功闖入資料區，翻看任何一份資料嗎？」

「沒有。我把事情想得太簡單了，根本沒能進去，就已經被抓。你問這個，是想判斷我刑罰的輕重？別想了，就算我什麼資料都沒看到，他們想扣留我照樣可以扣留很久。」

「我今天就會把你帶走，他們休想得逞。」

瑛昭這話說得斬釘截鐵，這種情況下，他不會容許第一檔案室的人繼續扣留季望初。

明明就是很輕的違規啊！這是連記憶都不需要清除的程度耶！還以為要動用特權才能將人完好地帶走，結果一樣是繳納賠償金就能解決的事情嘛！

……不對，他們不肯放人，要是不想繳那麼高的贖金，還是得使用特權……啊，嚴格來說不是使用特權，只是設法讓他們按照規矩辦事而已……

「瑛昭大人，你別亂來，為了這種小事跟有背景的神槓上，一點都不划算。」

季望初還不知道高額賠償金的事，但瑛昭想讓對方放人，勢必會跟對方起衝突。對小心眼的神來說，即使是幾句口角，也可能記在心上，甚至當場報復。季望初不希望瑛昭為了自己得罪對方，所以才出言勸阻。

「我也覺得為了這種小事跟有背景的神槓上，一點都不划算。」

瑛昭說著，微笑著補充了一句。

「第一檔案室的主管，想必也懂得這個道理。」

他那胸有成竹的態度，讓季望初愣了愣，然後問出一個問題。

「雖然我猜過，你應該不是毫無背景的小神，但你家的勢力聽起來好像比我想的還厲害？」

什麼？你猜過？

季望初的話讓瑛昭嚇了一跳。

「你為什麼會有這種猜測？我有露出什麼馬腳嗎？」

「……處處都是馬腳吧。你看起來就是個被保護得很好的小少爺，有一種從小養尊處優的氣質，隨口就能提出拿一些特殊資源來當招募獎勵，那種東西在神界也不是滿地都是的吧？但在你口中好像可以源源不絕地提供，一點都不心疼。總之一個貧窮的家族不會把下一代養成你這種模樣，獨身一人的神也不是你這個樣子。」

他這一連串的話說下來，瑛昭聽得心驚又心慌。

我以為我偽裝得很好，為什麼在季先生眼裡到處都是破綻？該不會在其他人眼中也是這樣吧？

「除此之外，你的神力跟以前那些爛神比起來，完全不是同一個級別的，就算加上他們小氣、他們不夠努力、你是個天才之類的條件，也不至於差這麼多。沒有龐大的資源，哪培養得出你這種實力強大又不知世事的傢伙？總之，你看起來太可疑了，也不知道你有背景卻跑來這種冷門單位是在想什麼，應該是你自己選的吧？」

季望初這番話，讓瑛昭一時之間不知道該說什麼才好。

我……真沒想到會這麼明顯。被他這麼一說，我忽然覺得很羞恥，既然季先生早就發覺我在神界的地位不普通，那我賴在他家白吃白喝，他心裡難道不會覺得很過分嗎？

「是我自己選的沒錯，我覺得第十九號部門的宗旨很好，這份工作應該也有助我了解人類跟人界……」

「難道都沒有人告訴你這是個屎缺，叫你不要來嗎？」

「有，可是我想自己來看看。」

在他這麼回答後，季望初「嘖」了一聲。

「果然是沒見過世間險惡的有錢人家少爺會有的想法，別人都講不聽，就是要自己去碰壁。」

……季先生這語氣，到底是嫌惡，還是恨鐵不成鋼？

「夕生跟洛陵也看出我的背景不簡單了嗎？」

「我怎麼知道？我又沒跟他們聊過這件事。不過，只要有腦袋，多少都能看出不尋常的地方吧，洛陵比夕生聰明，他平時不怎麼積極提供你經濟上的幫助，大概就是覺得你不可能過不下去，你只是不想回神界求援罷了。」

是、是這樣嗎？我的心情好複雜，那我到底要不要跟他們坦白啊？

「那你為什麼肯支援我呢？」

瑛昭忍不住問了這個問題。季望初不止包吃包住，還連計程車錢都留給他，對他非常照顧。

所以，這並不是同情囉？

「……因為你看起來一副只想自己努力，過得苦也無所謂的樣子，我只是覺得你沒必要做到那種地步。」

季望初說著，又低聲嘀咕了一句。

「難得來一個好相處的上司，要是睡公司睡到懷疑人生，忽然不知道自己為什麼要過這種苦日子，然後就跑了，我們反而得不償失吧。」

他這聲嘀咕，瑛昭自然聽見了，因而有點哭笑不得。

「所以你還是希望我留下囉？我可以這樣判定嗎？」

「這種事情需要問得這麼仔細才知道嗎？我以為很明顯，應該不用特地求證吧！」

季望初就是嘴硬，不想親口說出瑛昭要的答案。

儘管隱藏身分失敗的事讓瑛昭覺得很丟臉，但在確認自己是個有價值的上司後，他的心情馬上好轉，也不再沮喪了。

「季先生，你放心，既然決定來歷練，我就不會輕易離開。我不是那種隨隨便便半途而廢的人，雖然不知道會在第十九號部門待多久，不過，至少也能待個一百年吧！」

瑛昭信心滿滿地做出保證後，季望初一臉嫌棄地看向了他。

「一百年很多嗎？我待在這裡早就超過一百年了。」

「唔？」

見他不滿意，瑛昭思考了一下，才遲疑地重新提出一個承諾。

「不然……只要你在第十九號部門一天，我就會是第十九號部門的主管，如何？這樣你就不用擔心下一個上司會不會是爛人，只要安心工作就好。」

聽他這麼說之後，季望初面上總算有了幾分笑意。

「感覺不錯，看在這個承諾的分上，你要是想一直待在我家白吃白住，我就不趕你走了。」

白吃白住這種事，瑛昭始終很不好意思。他心裡一直覺得，等到有經濟能力，就要搬出來自己住，不過，現在季望初說出這種話，他要是不接受對方的好意，好像也挺過意不去的。

而且季望初廚藝那麼好，搬出去可就沒有供餐福利了，即便他不想承認自己貪吃，但美食當前，實在很難不動心。

權衡利弊後，瑛昭有了一個想法。

「謝謝，那等我有錢了，就定期給你房租、餐費跟交通費吧？」

「……」

聽完這句話，季望初的眼神立刻變得很不友善。

「誰稀罕你的錢啊，還給餐費，你知道這是把人當勞工的意思嗎？」

呃，為什麼又惹季先生不高興了？錢是個好東西，人人都不嫌多，不是嗎？為什麼他這麼不喜歡收錢？

「我不是那個意思，只是單純覺得一直白吃白住不行，總要付出點什麼啊。」

瑛昭尷尬地辯解著，季望初則冷哼了一聲。

「讓你白吃白住，是我開心我樂意，扯上錢就變味了，反正你要住就不要給錢，不想住就搬出去，明白了嗎？」

「你就這麼討厭錢？」

「不是討不討厭錢的問題，你這個笨少爺！」

因為想搞懂季望初的想法，瑛昭試圖讀心，但也只讀到一堆吐槽他天真不明世事的話。

「總之……不能跟你談錢就是了，那我該用什麼回報你？」

「我又沒跟你討回報！想回報的話就自己想啊！」

看來這個話題不太適合繼續下去，瑛昭想了想，決定問一問別的事。

「季先生，你到第一檔案室，是想查什麼？能告訴我嗎？」

檔案室不是執行員平時會來的地方，況且季望初還未經申請就想潛入，瑛昭思考過後，覺得事情或許與他一直讓積分清零，不肯去轉世的理由有關。

「那是我自己的事情，不想牽扯上別人，你別問了。」

在對方不想說的情況下，硬要打探，似乎是不太好的行為，因此瑛昭沒有開啟讀心能力。

「多少還是讓我了解一下是什麼事情吧？可以不用說得很詳細，就說說理由？」

或許是看出瑛昭眼中的關心，季望初沉默幾秒後，勉為其難地開了口。

「是私人恩怨，我就是想查一個傢伙。」

他一面說，神色也一面變得陰冷。

「我就是想查查，到底是誰把我害得那麼慘。」

見他終於肯開口，瑛昭連忙追問。

「他害了你什麼？是你以前的上司嗎？很深的仇恨？」

「不是死後的事，是生前的恩怨。我被他害到死了以後沒資格轉世，你說這仇深不深？」

季望初這番話，有點超乎瑛昭的想像。本來聽到是生前的恩怨，他還想勸季望初放下，但聽到這麼嚴重，勸說的話頓時就說不出口了。

這仇……好像真的挺深的。害到失去轉世資格，到底是做了什麼樣的事啊？要怎麼陷害才能做到？

「所以……你想找到他？還是你只想知道他是誰？」

「都想吧。」

季望初沒好氣地回答。

「可是這麼多年過去了，他應該早就死了吧？難道你要找他的轉世？找到之後要做什麼？」

在他的接連追問下，季望初終於不耐煩了。

「問那麼多做什麼！這是我自己的事情！」

啊，一次問太多，又生氣了。是不是該緩一緩，等他心情好點的時候再問？

「好吧，那你等我一下，我這就去找這裡的主管，把你弄出來。」

「等等，雖然你說自己有背景，但你有沒有調查過對方？確定自己的來頭比對方大嗎？」

見他要離開，季望初叫住他，謹慎地提醒了一句。

……季先生實在很不信任我耶，是我看起來不夠厲害，還是我辦事讓他不放心？那種沒搞清楚對方後台就跑去叫囂「你知道我爸是誰嗎」的事，我才不會做，他到底對我有什麼誤會？我表現出來的模樣，真的有那麼蠢？

「當然確定，你不必擔心。如果你肯告訴我你想查什麼，說不定我還能幫你查呢！」

瑛昭這句話不是在開玩笑，以他的能耐，不管是哪個檔案室的資料，機密等級如何，他應該都能調到。

但這得季望初配合，說出更多資訊才行。

「先不用。我先自己查就好。」

季望初冷淡地拒絕了他的好意，這其實也在瑛昭的意料之中。

「你自己查，是像這次這種違規的查法嗎？為什麼要做這種吃力不討好的事，這不就跟我賣飯糰一樣？你覺得我不應該賣飯糰，那你為什麼要做類似的傻事？」

瑛昭試圖用自己的例子來說服他，可惜失敗了。

「因為我雙重標準，行了吧？好了，快去找人吵架吧，讓我看看你家背景到底硬不硬。」

沒能成功說服他，讓瑛昭有點失落，這時外頭的辦事人員剛好傳訊息來通知他時間到，於是，他沉著臉走出了地牢。

心情不佳的情況下，再次見到對方那張尖酸刻薄的臉，瑛昭失去耐心，沒等對方說幾句話，就直接打斷。

「叫你們主管出來簽釋放命令，我不管他有沒有空，既然人在這裡，就出來處理事情。」

他這種下達命令般的語氣，讓對方愣了愣，才皺著眉反問。

「我們主管可不是您的下屬，第十九號部門也不是我們的上級機關，甚至連平起平坐都不能呢，您是以什麼身分來做出這種要求的？」

「什麼身分？」

瑛昭不想多說廢話，聽完這個問題，他卸除偽裝，顯露出額上的神印，同時拍出一張令牌，用以證明自己的身分。

神力的威壓下，男子被壓得幾乎直不起身子，在他驚駭的目光中，瑛昭冷冷地開了口。

「天奉宮，天奉瑛昭。這個身分夠格嗎？你去問問他，到底見還是不見！」

＊

當第一檔案室的辦事人員近乎卑微、以討好的態度來接自己出去時，季望初確實有點吃驚，畢竟他被關進來的時候，這裡的人可不是這樣對他的。

「噢，我可以離開了？你們不扣留我了嗎？」

「你的上司都已經親自來接人了，我們當然不會無故扣留你啊！出來吧，我這就領你出去。」

見對方說得一副秉公處理的樣子，季望初唇角一勾，坐在原地沒動。

「我忽然不想走了，靈魂被沖刷過好痛啊，根本就站不起來，不如在這裡待著養傷吧。」

聽他這麼說，對方臉上一抽，忍不住發了脾氣。

「別開玩笑，我們確實對你動了刑，但都不是會造成重傷的刑罰，你是在裝給誰看！」

「還能有誰？當然是我上司啊，刑罰是在確認我沒接觸到任何資料後才動用的，你們違反程序的私刑，我上司應該會為我討回公道吧。」

「這種事情不是我能干涉的，你快點出來吧！別讓瑛昭大人等急了！」

季望初確實沒有在這裡要求對方給個交代的意思，他只是想氣一氣這傢伙而已。

於是，他站起身子，一派輕鬆地跟在對方後面，就這麼被領去了第一檔案室主管的辦公室。

進去之後，他看到了很衝擊的畫面。

只見瑛昭一臉不耐煩地坐在椅子上，那名「前上司」則顫抖著身體跪在地上，嘴裡不斷說出各種懇求與彌補的話語。

前上司如此狼狽的樣子，季望初從來沒看過。想當初這傢伙曾經炫耀過自己在神界的家世，說家裡的長輩有多厲害，在神界的勢力有多大，自己在家族中又有多麼受寵，但現在他卻完全放棄尊嚴地跪伏在地，只求瑛昭能看他可憐，放他一馬。

這樣的場面也讓季望初不由得納悶，瑛昭的家世背景，在神界到底是什麼等級。

「夠了，別再說那些沒意義的話，我不需要你說的那些東西，你做過的事不是用物質能彌補的。該怎麼審判就怎麼審判，就這樣吧。」

瑛昭的語氣非常冷淡，當下就想起身走人。

「不！瑛昭大人！饒了我吧，我可以用其他方式來贖罪，比起懲罰我，補償他不是比較實際嗎？」

男子一面慌張地求饒，一面看向了季望初。他抓重點抓得很快，顯然十分篤定瑛昭的所作所為是為了替季望初出氣。

在他說出這些話後，瑛昭笑了笑，像是在嘲諷他的愚蠢。

「那些東西，只要他想要，我都能給，根本就不需要你來補償。你從以前到現在之所以敢為所欲為，就是認定自己有後台，可以隨意欺負地位不如自己的對象吧？我只是想讓你也感受一下相同的無助感，但我可不是欺負你，只是讓你吞下自己種的惡果而已。」

語畢，瑛昭沒再多看對方一眼，便直直走到季望初的面前，也瞬間換了一張臉孔。

「季先生，走吧，說要帶你離開，我可是說到做到了。」

看他露出這種帶著小小得意，彷彿想被稱讚的表情，季望初不由得心情複雜。

「真不知道你這麼厲害，還能順便整治這種神中敗類。」

「不，這不是順便，我早就想這麼做了，只是今天先遇到他，就先處理這一個。」

瑛昭說著，忍不住想徵詢季望初的意見。

「季先生，我現在暫時封住了他的神力，讓他在這裡等候神界的人來處理，你想不想報復一下？」

「……比起問這個，你應該先考慮他會不會跑吧，他真的會乖乖待在這裡等人來抓嗎？」

季望初認為瑛昭的處置不夠穩妥，但瑛昭很快就給出了解釋。

「他不會跑的，如果他敢跑，我就有辦法讓他在神界跟靈界都沒有容身之地。而且我已經做了追蹤標記，不管跑去哪，我都能把人揪出來。」

瑛昭微笑著這麼說，又補上了一句。

「所以，季先生，揍嗎？」

第九章

季望初自認不是什麼人品高潔、寬宏大量的人，此時此刻，既然有公報私仇的機會，他當然不會客氣，二話不說就上前揍了前上司一頓。

換作是其他凡人，要揍一個神，多少還是會有點猶豫。換作是季望初則完全沒有這種顧慮，只要確認打完不會有什麼嚴重的後果，他就能毫無心理障礙地下手。

前上司身為神，被沒有神力的季望初毆打其實也不會受傷，就只是讓季望初出出氣，並且羞辱對方而已。

在瑛昭看來，這傢伙當初在第十九號部門的時候就作威作福，現在碰到季望初又以權謀私，打他一頓真的不為過。至於後續的處置，他也已經想好了，等人被押送回神界後，他會親自回去一趟，把該處置的傢伙都處置一番，好讓神界少一點烏煙瘴氣。

「瑛昭大人，謝謝你保我出來。難得能體驗一下仗勢欺人的感覺，挺不錯的。」

回去的路上，季望初平淡地這麼說。瑛昭從他臉上看不出喜惡，只好心懷忐忑地讀心。

（家裡那隻大老鼠不知道怎麼樣了，希望那傢伙不要又弄髒自己的毛，白色的弄髒真的很明顯。老是把自己屁股搞得黃黃的，也不知道是在想什麼。這個沒良心的傢伙應該有好吃好睡吧，牠從來都不虧待自己。）

……結果季先生完全沒在想我身分的事，心心念念的都是大衛王。

該說大衛王太可愛嗎？寵物不愧是寵物，如果是我被抓起來關，出來應該也會想馬上去看牠，而且季先生應該也沒有別的事情需要處理。

「待會直接回家，就不進公司了？」

瑛昭試探性地問了一句，季望初則立即點頭。

「嗯，直接回家。反正我假還有很多，多請一天也沒什麼，夕生跟洛陵那邊可以用手機聯繫。」

（公司裡也沒什麼重要的事，還是回家看看我的貓吧，順便休息一天。）

季望初的心音傳來後，瑛昭忍不住疑惑。

在你心裡，大衛王到底是貓還是老鼠？

「好啊，那我也跟你回去吧。」

瑛昭打算跟季望初一樣，用手機聯繫夕生他們，簡略告知情況。他回人界為求快速，沒走既定通道，而是自己撕開空間，一走出空間裂縫，季望初看看周遭，皺了皺眉頭，隨即跟他討手機。

「你手機借我一下，我的沒電了。」

「喔，好。」

季望初從瑛昭手中拿過手機後，馬上開啟手機定位，接著就無言了。

「季先生，怎麼了嗎？」

季望初無奈地看了他一眼。

「你回來人界的時候，沒辦法精準定位在我家附近嗎？現在是深夜，沒有高鐵也沒有飛機，從這裡回家，搭車應該要六小時吧，而且車錢會很貴。」

聞言，瑛昭瞪大了眼睛。

「啊，抱歉，我忽略了，沒有定位得那麼精準——」

「不用道歉，至少沒定位到外國去，要是那樣可就麻煩了，我身上沒帶護照。」

哪會定位到外國去！那也太遠了！不行，季先生是不是要誤會我能力很差了？我只是沒想清楚就隨便定位，真要定位的話，我也能精準定位在家門口的！

「我剛剛只想著趕快回來，沒留意定位在什麼地方，再給我一次機會！」

話說出口後，瑛昭頓時有種自己才是部下的感覺。

我……唉，我真是……算了。

「再給你一次機會，意思是我們要回去靈界，然後再回來一次？」

聽季望初這麼說，瑛昭著急地想反駁，這時他注意到季望初唇邊的笑意，才意識到他是在說笑。

「咳，我的意思是，我直接用神力帶你回家。平時我在人界是不會輕易使用神力的，但為了彌補失誤，這次就用吧。」

瑛昭試圖挽回自己的形象，讓自己看起來冷靜一點。

「哦，原來你可以用神力趕路。這不是很方便嗎？如果你平時肯用，能省多少錢啊？」

「不應該為了錢動用神力——」

「上班來回的車資，一天差不多三百二，我們粗略估算，一個月如果上班二十天，就能省下六千四百元，那麼一年就是七萬六千八百元。你應該會在這裡待十年以上吧？七十六萬八千元的開支，你不想省？」

瑛昭被他這一串數字砸得有點暈，態度頓時沒那麼堅定了。

「可是……如果用神力省錢，接下來就會想用神力賺錢，這樣會越來越沒有原則，我認為……」

「做飯糰難道不算是用神力賺錢？你已經做過了啊。」

瑛昭被問得一時之間無話可說。

飯糰……雖然是利用水晶球做出來的，但嚴格來說，原料確實是我的神力，所以我已經違背過原則了嗎？

不，等等，水晶球是神界給予第十九號部門主管的工具，是神界認可的東西，所以使用水晶球裡的任何功能都是被允許的，也就是說，這是將神力兌現成錢的合法管道，所以限制才會那麼多，至今都只能做出飯糰，沒辦法直接做出金條之類的高價物品——我這麼做是沒問題的！

好不容易等瑛昭思考完畢，正想開口，季望初卻補上了一句話。

「其實我只是說說而已，你就算省下七十幾萬，也是省我的錢，不會變成你賺的。好了，回家吧。」

……

這種情況下，硬要延續話題，強調自己做飯糰賺錢的合理性，好像也沒什麼意義。瑛昭沮喪地閉上嘴，施展神力，將二人傳送回季望初的住處。

季望初一站定，就打算上二樓。見狀，瑛昭叫住了他，不過還來不及說什麼，季望初便問了一句。

「你是不是要問我會不會去做飯？稍等一下，我先去看看那隻大老鼠。」

不是！我不是要問這種事情！不是！

「我只是想問你，我能不能跟你上去，一起看看大衛王？照顧了幾天，我也挺喜歡牠的，要是之後也能去看牠就好了。」

這幾天，瑛昭上網查過龍貓的資訊，發現自己目前根本買不起。就算一起養在二樓，冷氣跟除濕機都厚著臉皮用季望初的，他也拿不出買龍貓跟櫃籠的錢，儘管每個月的飼料費看起來不貴，但以目前的經濟狀況來說，還是不要衝動比較好。

反正他很喜歡大衛王，每天如果能上二樓看看牠，也就滿足了。

瑛昭的要求，季望初稍做思考後，點了點頭。

「可以。只要別亂餵就行。」

「沒問題！」

瑛昭跟著季望初一同上二樓後，一進寵物房，他就使用了讀心能力，打算了解一下大衛王看到許久不見的主人，會有什麼想法。

「喂，我回來啦，有沒有變胖？」

籠子被打開的時候，大衛王還在睡，被熟悉的聲音喚醒後，由於季望初的手伸到牠下巴開始搔，牠下意識地先瞇眼享受了起來，過了幾秒才睜開眼睛，跳到一旁站著，眼睛直勾勾地看向自己的主人。

（主人回來了！所以我沒被棄養嗎？）

（沒有要棄養的話，為什麼消失那麼久！都沒事先講一聲！害我那麼難過！）

（可惡！老子生氣了！你要好好哄我我才要理你！拿好吃的來！）

聽到這樣的心音，瑛昭忍不住又開始覺得這隻小龍貓真的好可愛，可愛到讓人很想抱過來摸一摸頭。

「怎麼啦？該不會不認得我了？你這死沒良心的，才幾天而已耶。」

季望初看得出龍貓的態度有點防備，但他讀不到龍貓的內心想法，便如此判定，說出了這樣的話。

牠才沒有不認得你！你怎麼胡亂給牠安罪名呢！

瑛昭心裡為大衛王抱不平的同時，季望初再次伸手去擼大衛王喜歡被搔的地方。

（手不要過來！你以為這樣老子就會……啊……就是那裡，力道再重一點，好舒服，好爽……不要停，再多抓一點……）

於是小龍貓就這樣毫無節操地投降了，只要舒服，一切好說。

看來這隻單純的生物應該不需要人替牠打抱不平。瑛昭無言地得出了這樣的結論。

＊

隔天上班後，瑛昭與季望初一起去了夕生和洛陵的辦公室，詳細交代了靈界發生的事。

有關季望初隱私的部分，瑛昭沒有代替他發言，他只說明自己這邊的狀況。而他說出來的細節，已經足以將夕生跟洛陵的注意力完全吸引過去。

「您……就這麼把那傢伙免職候審了？賄賂的錢也拿回來了？」

當時辦事人員看狀況不妙，靈幣自然不敢收，但即便對方道歉認錯，瑛昭還是決定將他與他的上司一併逮回神界處置。

「我出發前就說過不會有事，你們應該要相信我。」

瑛昭微笑著這麼說之後，夕生觀察他的神色，小心翼翼地發問。

「瑛昭大人的身分，顯然比我們想的還要高貴許多，您怎麼會想來第十九號部門任職呢？是不是來考察部門的營運情況，很快就會回去了？」

「我是來歷練的，之所以選擇這裡，是因為我對第十九號部門的業務很有興趣。」

瑛昭面上的笑容不變，這時季望初插嘴幫他回答了另一個問題。

「他昨天說了，只要我還在這裡當執行員，他就會是這裡的部長，所以你們應該不必擔心他很快就會跑掉。」

季望初這句話讓夕生眼睛一亮，也鬆了一口氣。

「太好了！我老是覺得你這傢伙把自己的積分清掉是不是有病，但從今以後我不會阻止你了！」

「死狐狸，再這樣說話，小心我真的去轉世。」

「哈哈哈，我才不信，你哪可能因為賭氣就去轉世，這種話是威脅不到我的！」

「好了，夕生，停止挑釁。」

洛陵在制止夕生後，對瑛昭露出了微笑。

「瑛昭大人能在這裡久留，是第十九號部門的幸運。您已經來一個多月了，歡迎會一直都沒舉辦，是不是該辦一辦呢？」

為了避免瑛昭拒絕，他甚至多補了一句話。

「預算方面您不用擔心，我請客吧。」

「……」

反正大家都知道我窮就是了。

洛陵的好意，瑛昭不好意思拒絕，於是他笑著答應了下來。

「謝謝，你有心了。不過時間上可能還要等等，我得回神界一趟，過一陣子才會回來。」

「咦，您要回神界？是去處理被抓回去的那個爛神嗎？」

「除了他，還有別人。」

想到那些當過第十九號部門主管的神，瑛昭的笑容中多出了幾絲冷意。

「這次回去，我全部處理。」

＊

天奉宮即將舉行的公示審判會，是神界這幾天最熱門的話題。

審判會，顧名思義，是對神界居民進行審判的會議。不過天奉宮的流放審判會性質比較特殊，只有罪名已定，不接受商議的狀況才會召開公示審判會，召開的目的則是公開募集更多罪證，並在公示審判會那天宣布調查結果，加重刑罰。

流程上，天奉宮會先公開罪人的名單並且收監，神界的任何人若是被罪人欺壓過，想藉機討回公道，可以使用天奉宮提供的匿名管道提供消息跟證據，審判會前天奉宮會查清是否屬實，事後若有賠償，也會由天奉宮祕密轉交給受害者。

為了保障受害者，使受害者不被罪人的家族報復，公示審判會上不會宣讀追加刑責的罪狀細節，只會公布增加的懲罰。雖然也有人質疑公正性，並懷疑天奉宮會利用公示審判會剷除異己，誣陷好人，但這些聲音都只敢在私底下說說，沒有人敢正面質疑。

主要是因為，天奉宮作為神界第一的勢力，無論是實力還是聲望，都不是任何一個家族得罪得起的。

萬年前，天奉宮宮主璉夢上神重建了神界的秩序，那之後天奉宮在神界就成了超然的存在，眾人只能仰望稱羨，別說得罪，就連結交都辦不到。

天奉宮已經許久沒召開審判會了，這次的公示審判會據說是少宮主天奉瑛昭舉辦的。看著公告出來的罪人名單，幾乎都是各個家族的紈褲子弟，也不知這些人究竟做了什麼，才會被鮮少露面的少宮主一舉羅列出來審判。

「你們說，這些人到底有什麼共通點啊？難道是到處花天酒地讓瑛昭大人看不順眼？」

「應該不至於吧，天奉宮的少宮主哪可能管這種小事。」

「聽說少宮主天人之姿，你們覺得會不會是這些傢伙在哪個場合，沒打聽清楚對方身分就上前調戲？」

「如果是這種狀況，瑛昭大人應該當場就翻臉了吧！沒道理忍到累積這麼多人啊！」

無論是人界、靈界還是神界，愛八卦似乎就是大家的天性。

「所以這些人到底有什麼共通點？」

公示審判會只允許罪人的親族與各大勢力代表參加，觀眾席當天開放，位子也不多，想看熱鬧的人大多是搶不到的，好奇心無法被滿足的情況下，他們只能自己胡亂猜測。

「看不出來啊，這些靠家族勢力混日子的傢伙平時大大小小的壞事也做了不少，總不可能每一件都拿出來檢視吧，我們可沒有天奉宮那麼強大的調查能力。」

茶樓裡的人議論了一番，此時忽然有人提出自己的發現。

「我發現一件事，這些人都有當過第十九號部門的主管耶！」

對於他的發現，眾人嗤之以鼻。

「那種不受重視的部門，誰會在乎啊？平時影薄得跟什麼一樣，哪可能跟這件事有什麼關係？」

「你居然會記得誰當過第十九號部門的主管，你也是個怪胎。」

提出發現的人被這樣嘲諷之後，顯得很不開心，為了增加自己猜測的可信度，他又說出了一個情報。

「我這麼說是有根據的！你們知道第十九號部門新就職的主管叫做什麼名字嗎？

碰巧就叫瑛昭呢！」

在他這麼說之後，一起聊天的人都露出了震驚的表情，並對這個猜測有了幾分重視。

「會不會是撞名啊？瑛昭大人耶？那樣的人，想擔任什麼職位都行吧，怎麼可能想不開到跑去第十九號部門混？」

「上位者的想法搞不好跟我們不同，也許那裡有什麼吸引他的東西呢？」

無法知道真相的情況下，他們不管怎麼討論，也都只是閒聊猜想而已。

很快地，公示審判會舉行的日子就到了。

*

瑛昭為了今天的公示審判會忙了好幾天，如他所想，名單公布後，許多被這些人欺壓過的居民便提供了更多的罪證，他忙著分配人手調查，直到審判會召開的前一刻，才總算處理完所有資訊。

看完這些資料，他不禁感慨，這些從小被寵大的神，真是沒一個好東西。

審判會開始後，他換上正式的服裝出席，在台上先是與現場的人打了招呼，便直接進入正題。

公示期接到投訴的那些罪刑，為了保護受害者，都是不予公開的，但與神職機構相關的罪狀，瑛昭都毫不客氣地宣讀了出來。台下罪人的親族一臉擔憂，那些被押送至此處的罪人，則在聽見各種過往做的壞事都被查出後，臉色發白地呆立著，顯得徬徨無助。

「那麼，根據以上罪行，我在此宣布，對罪人們處以人界流放之刑。」

所謂人界流放之刑，即是投胎到人界，經歷各種磨難後才能回歸，最短的刑期是轉世十次。期間親族不准尋找也不能接濟，倘若去了人界依舊犯事，就會被剝奪神格，從此淪為凡人，不斷輪迴，遭受生老病死之苦。

而一般來說，轉世之後在沒有記憶的情況下，十次轉世都無過無失，幾乎是不可能的事，所以這個判決，就形同剝奪神格，貶為凡人，罪人與其親族聽了都無法接受。

「瑛昭大人！請再給我兒子一次機會，我以後一定會管好他的，求求您收回判決吧！」

「瑛昭大人——」

瑛昭並未理會這些哀求的人，他宣讀完補充刑罰後，隨即要求天奉宮的執法人員將罪人直接帶去轉世，自己則冷著臉離開現場，完全不給他們討價還價的機會。

罪人的親族們無奈之下，只能懊惱地跟著送行，一路上哭哭啼啼，還有人不死心地想聯絡比較有地位的神，試圖請對方說情。而他們正在想辦法的同時，押送的隊伍在天奉宮門口迎面碰到了一個人，所有人立即惶恐地行禮。

男子容貌秀麗，氣質出塵，與他舉手投足間的清雅相比，在場的人明明都是神，卻硬生生被比得像是凡人。

此人便是天奉宮的宮主，璉夢上神。

「聽說今天瑛昭舉辦公示審判會，我剛好有空，就過來看看。已經結束了嗎？才走到門口就聽到你們哭喊的聲音，怎麼回事？」

現場這些人，都只在大型盛會中遠遠看過璉夢，從來沒有私下與他相處的經驗。此時見他語氣溫和，臉上還帶著淡淡的笑意，當即猶如找到救星一般，不等執法人員稟告，就訴說起自己的委屈。

璉夢面帶微笑聽了一陣子後，才悠悠開口。

「我也覺得瑛昭考慮不周，此事做得不太合我心意。」

一聽他如此表態，罪人與其親族連忙點頭，並同聲祈求璉夢重新審判。

「請上神重新定奪！」

「求上神讓少宮主收回成命，別送我孫女去投胎啊！」

在一片懇求聲中，璉夢似笑非笑地掃了他們一眼，輕聲詢問。

「讓我來處置，你們應該不會有意見吧？」

為了尋求留在神界的可能性，眾人異口同聲地表示自己絕對服從新的判決。

於是璉夢笑著一抬手，張開了右掌。

只見他掌心幻化出一朵紅蓮，綻放後凋謝，型態極美。紅蓮的花瓣凋零後，隊伍中的罪人們突然厲聲尖叫，身體自燃，沒等親族們反應過來怎麼回事，那些人就已經被燒成灰燼，原地飄散，連神魂都不復存。

一切發生得太突然，過了幾秒才有人克制不住地慘呼，璉夢則笑笑地冷眼旁觀，隨口下達命令。

「執法部門的人可以回去了，原地解散吧。這樣不是很好嗎，省事又乾脆。」

說完這句話後，他便不再停留，自顧自地走進了天奉宮。

「瑛昭這個孩子啊，歷練確實不夠，有的時候還是心腸太軟了些。機會這種東西，不是人人都值得擁有的。」

在這聲自言自語中，璉夢的身形逐漸隱去，就這麼消失在天奉宮的林徑中。

——第二部完——

後記

大家好，我是水泉，很高興跟大家在後記相見。不知不覺新系列來到第二集了，由於家中有喪事，最近都處於低潮期，連載中間停刊了一次，希望之後都能穩定進行。

只是……儘管喪禮過去幾個月了，我現在依然很難過。沒能見到最後一面，所講過的最後一句話，也只是在媽媽不清醒的情況下問的……

如果真的要寫，其實有好多心情想要抒發，但是為了避免後記太過沉重，還是先打住吧。

第二集最後出現的璉夢上神，是瑛昭的父親，預計第三集會寫一些他的劇情片段，我默默期待著竹官大人的人設。

由於故事還會繼續下去，應該會增加新角色，目前還在設定中，也許會是新的執行員，敬請期待——

最後特別說一下，其實阿祖跟甜姐真有其人，是我在玩的修仙遊戲裡的朋友。不過甜姐現實中是女生就是了，當時問甜姐想當男角還是女角，她是這樣說的：

甜姐：我要當男的，我想○阿祖。（作者協助馬賽克）

好、好喔，當男的當然沒有問題，但是O阿祖的過程我不可能寫出來，有沒有發生請大家自行腦補，謝謝！

神界直屬第十九號部門連載網址：https://www.kadokado.com.tw/book/1?tab=catalog

此外，部落格搬家囉。歡迎大家到新家找我，謝謝大家的支持。

黑水蔓延之地：http://suru8aup3.blogspot.tw/

最後又要來宣傳一下沉月的ＬＩＮＥ貼圖。節慶篇跟幾個新的貼圖也上架囉！搜尋沉月或者 sunken moon 都可以找到，兩款的畫家都是戰部露，希望大家會喜歡。

有任何感想心得都歡迎到噗浪、ＦＢ粉專或網誌來留言：

我的噗浪：www.plurk.com/suru8aup3

我的ＦＢ粉專：https://www.facebook.com/suru8aup3

舊網誌（資料庫）：黑水蔓延之地　http://blog.yam.com/suru8aup3　（已廢除）

感謝大家閱讀到這裡。

水泉

神界直屬第十九號部門 2

作　　者＊水泉
插　　畫＊竹官

2023 年 1 月 27 日　初版第 1 刷發行

發 行 人＊岩崎剛人
總 編 輯＊呂慧君
編　　輯＊溫佩蓉
美術設計＊林慧玟
印　　務＊李明修（主任）、張加恩（主任）、張凱棋

台灣角川

發 行 所＊台灣角川股份有限公司
地　　址＊104 台北市中山區松江路 223 號 3 樓
電　　話＊（02）2515-3000
傳　　真＊（02）2515-0033
網　　址＊http://www.kadokawa.com.tw
劃撥帳戶＊台灣角川股份有限公司
劃撥帳號＊ 19487412
法律顧問＊有澤法律事務所
製　　版＊尚騰印刷事業有限公司
I S B N＊ 978-626-352-178-0

國家圖書館出版品預行編目資料

神界直屬第十九號部門 / 水泉作 . -- 初版 . --
臺北市 : 臺灣角川股份有限公司 , 2023.01-
冊 ;　公分

ISBN 978-626-352-178-0(第 2 冊 : 平裝)

863.57　　111018440